·全民微阅读系列·

朋友啊朋友

乔迁 著

江西高校出版社

图书在版编目（CIP）数据

朋友啊朋友/乔迁著. — 南昌：江西高校出版社，2017.1（2021.1 重印）

（全民微阅读系列）

ISBN 978-7-5493-5044-5

Ⅰ. ①朋⋯ Ⅱ. ①乔⋯ Ⅲ. ①小小说—小说集—中国—当代 Ⅳ. ① I247.82

中国版本图书馆 CIP 数据核字（2017）第 017566 号

出版发行	江西高校出版社
社　　址	江西省南昌市洪都北大道 96 号
总编室电话	（0791）88504319
销售电话	（0791）88592590
网　　址	www.juacp.com
印　　刷	永清县晔盛亚胶印有限公司
经　　销	全国新华书店
开　　本	700mm×1000mm 1/16
印　　张	14
字　　数	160 千字
版　　次	2017 年 1 月第 1 版 2021 年 1 月第 2 次印刷
书　　号	ISBN 978-7-5493-5044-5
定　　价	45.00 元

赣版权登字 -07-2017-54

版权所有　侵权必究

图书若有印装问题，请随时向本社印制部（0791-88513257）退换

目录

第一辑　情暖人间 / 1

教师节 / 1

朋友啊朋友 / 5

包子 / 8

善爱 / 12

鹰爪功 / 14

真爱 / 16

酒友 / 18

同志你好 / 21

华贵的母亲 / 24

第二辑　人生路上 / 27

谁在哭 / 27

请选择 / 30

官太太 / 32

听墙 / 35

孩子丢了 / 38

艰难 / 42

吃殇 / 44

不签名 / 47

亮相 / 49

第三辑　乡野风轻 / 52

老青王 / 52

镜水 / 55

飞翔的摩托 / 57

跑马打兔子 / 60

四狗 / 62

棒打熊 / 64

韩四爷 / 67

见鬼 / 72

翻花舌头 / 75

第四辑　世相万千 / 80

管闲 / 80

包扶 / 84

背我上楼 / 87

体察 / 90

加锁 / 94

你家几楼啊 / 98

碰面烟 / 101

谁喊的 / 103

壮胆 / 107

面子 / 109

嘴严 / 112

清雪 / 115

第五辑　凡尘一笑 / 119

接待 / 119

汇报 / 121

好借难还 / 124

一句话的事 / 126

口无遮拦 / 130

来了个客人 / 133

打招呼 / 136

当领导的理由 / 139

抢劫 / 142

演讲稿 / 145

捡了个屁 / 148

第六辑　大梦方觉 / 152

放松 / 152

荒芜 / 155

咬牙 / 158

看病 / 161

吵婚 / 163

夹菜 / 166

鱼 / 171

吃啥 / 174

凿个地下室 / 176

文武丐 / 179

长发 / 184

第七辑　职场风云 / 187

请县长吃个饭 / 187

扬眉吐气 / 190

难吃 / 193

工作需要 / 195

动气 / 199

身不由己 / 202

谁不想跟县长关系好呢 / 205

批条子和不敢高声语 / 209

谁看到了 / 212

真实 / 216

第一辑　情暖人间

　　爱情、亲情、友情构成了人间大爱，爱是永恒的，爱是我们生活中不可缺少的。生活是需要温情的，有爱才能有温情，有温情我们的心才能温暖，每个人都有一颗温暖的心，世界该是多么美好啊！

教师节

　　女儿成为老师的第一个节日，父母很重视，要给女儿做一顿丰富的饭菜以示祝贺。女儿回来了，手捧鲜花却对父母说了一句话……

　　女儿一出家门，母亲便催促正吃早饭的父亲："你快点吃行不，一个早饭还吃得慢条斯理的。"父亲正在一口一口地喝粥，他的面前有两只空碗，一只是女儿的，碗里散落着晨星般的粥粒。女儿每天早晨都匆匆忙忙的，早饭吃得像行军打仗，粥碗从来就没有干干净净过。另

朋友啊朋友

一只倒是干净如洗，不过还能看到一层淡淡的热气从碗里浮出来，这只是母亲的。父亲想不出一向细嚼慢咽的老伴儿怎么会像女儿一样飞卷残云般地吞咽下一碗热粥的。父亲咽下一口有些烫嘴的粥说："忙什么呀？孩子不是说今天中午在学校吃吗，晚饭才回来吃呢，着什么急呀！"母亲已经把外衣穿好了，冲父亲一瞪眼说："我还不知道孩子中午不回来吃，这早晨的菜多，买菜的人也多，过一会儿再去，好菜都让人挑走了。你能不能快点呀！查米粒呢？"母亲的声音骤然提高且夹杂了一丝怒气。父亲慌忙起身，左手端着碗，右手的筷子飞快地划拉着，眨眼之间半碗粥就全进了嘴里。放下碗，父亲嘶啦着嘴鼓嚼着腮帮子抓起外套，跟随老伴儿快步出了家门。

父亲和母亲每天都在早饭后去附近的菜市场买菜，不过，今天他们去菜市场的时间要比往日早了许多，也匆忙了许多。今天是教师节，母亲知道的，母亲决定给女儿做顿好吃的，这可是女儿从教的第一个教师节呀！

虽然比每天去菜市场的时间都早，但却比每天在菜市场逛得时间都短。每天在菜市场买菜，母亲都要不厌其烦地比较和挑拣菜的价格和质量，争取花最少的钱买质量好些的菜。可今天完全没有比较和挑拣了，只拣最好的买。排骨挑顺排，鱼哪条最欢实买哪条，青菜买的都是一大早摘下来的，蒂口还冒着嫩浆呢。挑菜买菜是母亲的活，父亲就是拎菜的，跟班儿。父亲察觉了老伴儿今日与往日不同，父亲没有想到今天是教师节，父亲把日子过得很平淡，不记得或是不刻意记着什么节日，因为到了节日，老伴儿总是不仅记得而且把节日忙活得

第一辑　情暖人间

色彩缤纷。父亲手中的菜比往日要好要多，自然就重了许多，父亲拽了老伴儿一下说："怎么买这么多呀？还竟挑好的买。"母亲嗔怪地瞪了父亲一眼："什么脑子？今天是教师节，是孩子的第一个教师节，不得好好给孩子过一下。"父亲一怔，不好意思地笑笑说："忘了，忘了，对，得给孩子好好过一下。"父亲看看手里拎着的菜说："怎么没有虾呢？孩子最乐意吃虾了。"母亲遗憾地叹息了一声说："没有新鲜的，都是冻的，瞧着还小。"父亲说："在这能买到好虾嘛？我先把这些菜送回家，然后去海鲜一条街买。"母亲恍然大悟："我怎么就没想到呢！一会儿你去上你的班，我去买就行。我今天请了一天假的。"父亲看看老伴儿，笑了。

父亲和母亲中午煮了点面条，吃了午饭。午休后，母亲便开始着手准备晚饭。父亲也请了一下午的假，从来没有过的勤劳，擦桌椅，擦橱柜，擦地板，虽然干得很笨拙，但是很卖气力。父亲收拾完屋子，就去帮老伴儿做饭，却被老伴儿挡了回来，不让他插手。父亲做饭的手艺一直停留在能做熟的水平，色香味都毫无特色。母亲可不想让老伴儿拙劣的手艺掺和进来，影响了女儿节日的美餐。父亲不能帮忙给女儿准备丰盛的晚餐，似乎有些过意不去，好像女儿的节日就过不好似的。父亲被老伴儿从厨房里撵出来，在客厅里转了两圈后，穿上外衣出去了。一个小时后，父亲回来了，父亲的手里多了一盒精美的蛋糕，蛋糕的上面写着"女儿教师节快乐"。父亲满面红光，拎着蛋糕进了厨房，把蛋糕炫耀地在老伴儿眼前晃了几下。母亲的眼睛顿时一亮，后悔地说道："笨死了，我咋就忘了呢！"母亲的话让父亲更加得意了，

3

朋友啊朋友

美滋滋地哼了一声，抬头挺胸地拎着蛋糕出了厨房。

女儿回来了。悄无声息的。女儿轻轻地开了门，蹑手蹑脚地进屋。女儿看到了客厅里一直望着门口焦急的父亲母亲，还有厨房里猛烈扑出来了的一股股诱人的香气。女儿的心里狠狠地热了一下，手里捧着的两束鲜花禁不住颤抖了两下。看女儿进来，父亲和母亲焦急的脸色顿时灿烂如盛开的花朵，他们有些慌乱地迎过来，似乎要同女儿握手，祝贺一下，但他们还是没有伸出手来，而是不由自主地搓了一下手说："回来了，快吃饭吧！"女儿没动，女儿看看父亲母亲，女儿的脸被捧在胸前的鲜花映得红红的。母亲十分高兴地说道："一定是学生送给你的吧！真漂亮。你的学生多好啊，都知道送花给老师过节日了。"女儿的眼睛有些湿润，抿着嘴笑着摇了摇头。母亲诧异地望一眼女儿，回头看了看父亲，转过头来有些惊喜地对女儿说道："怎么？有男朋友了。男朋友送的？你这孩子，有男朋友怎么都不跟妈说一声呢！"女儿湿润的眼睛突然就盈上了晶莹的泪花，女儿把手里的鲜花慢慢地举向了父亲母亲，父亲母亲就看到了女儿送过来的鲜花上两个精致的卡片：爸爸节日快乐！妈妈节日快乐！

父亲母亲都愣住了，鲜花是女儿送给他们的。女儿祝爸爸妈妈节日快乐！可是，今天是女儿的节日呀！

女儿把鲜花放到了父亲母亲的手中，女儿的眼里泪花闪动着，女儿深情地望着父亲母亲说道："老师，节日快乐！"

第一辑　情暖人间

朋友啊朋友

结识新朋友，不忘老朋友。老朋友会在分离后从心里疏远，甚至不再联系，可一旦碰面，那种久违的友情比美酒还香醇。

我在去李美丽家的路上意外碰见了袁丹菲。

之所以说意外碰见，是因为袁丹菲已经不跟我在同一个公司有一段时间了，而且这段时间里我们俩竟然没有联系过。我曾经写过一篇文章告诉人们，我最好的朋友是袁丹菲，袁丹菲是因为不想让我们之间像亲姐妹般的友情受伤害才离开公司的，可是，袁丹菲走后，我竟然没有主动联系过她，问问她在新公司怎么样？袁丹菲不主动联系我，我能猜得出她的心思，她一定害怕主动联系我会触动我敏感的神经，怕我认为亏欠她，让我心里不舒服。可是她不联系我，不找我，我有些惆怅，有时突然想起她，心里就会有一丝痛和热，但始终没有拿起电话打给她。

在袁丹菲离开后，我在公司里又有了新朋友，她叫李美丽，人如其名，很漂亮，脾气还算好。现在漂亮的女人脾气好得不得了的是没有的，还算好就已经不错了。除了李美丽的脾气还算好外，主要是袁丹菲走了之后，我在公司里也不能没有朋友，李美丽就成了我新的朋友。当然，我们没有工作上的竞争，我们很容易成为朋友。所以，当我意外碰见袁丹菲的时候，我感觉我的脸唰地

朋友啊朋友

热了，袁丹菲在公司的时候，可是我最好的朋友啊！袁丹菲不在了，李美丽成了我最好的朋友。我突然觉得心里对袁丹菲亏欠得慌慌的，这慌慌之中竟有着意外的惊喜和热烈的想念，我一把抱住了袁丹菲，袁丹菲看清是我，立刻哇哇兴奋地叫了起来，袁丹菲并没有因为有一段时间没看到我而产生陌生感，我也是，抱着袁丹菲感到特别的亲切。

袁丹菲问我去哪里？我说去李美丽家，你可能见过，但不应该太熟，你走时她刚来不久。袁丹菲努力地回想了一下，似乎有点印象，看着我眨眨眼说："好朋友！"我的脸一定，深深地红了一下，我知道袁丹菲说这话是没恶意的。我点了一下头，算是肯定李美丽是我的朋友。袁丹菲拉了一下我的手说："对朋友要好。走吧！"我反拉住她的手，我说："好不容易碰见你，想跟你待一会儿。"我说的是真心话，我现在特别想跟袁丹菲待一会儿，聊一会儿。袁丹菲一笑说："答应了人家就不要失约，这样不好，哪天有时间我打电话给你，咱俩逛街。"袁丹菲想挣脱我的手，我抓得更紧了，我现在是真的不想让袁丹菲离开，我说："你跟我去李美丽家，你也结识一下李美丽，中午我请你俩吃饭。"袁丹菲摇头说："不好，我跟她不熟，太唐突，也不知道人家是否好客。"我不撒手，哀求着袁丹菲说："李美丽脾气很好，没问题的，走吧，求你了。"袁丹菲看看我，噗的一下笑了，无奈地说："真拿你没办法，走吧！"

我拉着袁丹菲来到了李美丽家。

李美丽打开门看到袁丹菲的时候，怔了一下，我忙给她做了介绍，李美丽微微地一笑，招呼我和袁丹菲进

第一辑　情暖人间

屋。李美丽让我们自己坐，她去倒水。袁丹菲进屋后四处看了看，李美丽的家很整洁，袁丹菲的目光落在了沙发上，沙发垫是象牙白，看上去十分高贵素雅。袁丹菲稍微犹豫了一下，打开拎包，从里面拿出一块干净的大手帕，轻轻地铺在沙发上，然后才坐下去。袁丹菲的这个举动，十分熟练，看来她不止一次地把大手帕放在去做客的人家的沙发上。袁丹菲的这个举动正好被端水回来的李美丽看到了，我看到李美丽的手抖了一下，杯子里的水差点溢出来，李美丽脸上的笑立刻淡了下来，李美丽淡淡地说了一句："屋没打扫好，有些脏……我去拿水果。"我看到袁丹菲的脸唰地红了，我明白了李美丽所说的话的意思了，李美丽是不满意袁丹菲那个大手帕了。李美丽这么说，连我都感觉不好意思，我说："李美丽别忙了，咱们出去逛街吧，中午我请你们俩吃饭。"李美丽一笑说："不行的，忘告诉你了，我中午还有个饭局的，你们俩去吃吧！哪天有时间我请袁姐吃饭，你作陪。"李美丽望着袁丹菲说。袁丹菲站起身来，同时把大手帕抓了起来，有些慌乱地塞进拎包里，脸红红地说："哪天我请你，我比你大，该姐姐请你。我先走了，还有点事。"袁丹菲说着往出走。我就蒙了，我没想到会是这样一个场面，让我两下为难十分尴尬。我有点不知所措不知道我是走还是不走。李美丽看看我说："我今天真的走不开，你和袁姐去吃吧！"李美丽这是让我也走呢！我的脸也红了起来，我几乎语无伦次地说："你看，想请你俩吃个饭……"

我和袁丹菲出了李美丽家，下了楼，我问袁丹菲："你干吗拿个大手帕出来垫上啊！"袁丹菲看着我有些

7

愧疚地说："对不起，让你朋友不高兴了，我不是嫌她家沙发脏，我是看那么干净的沙发，咱们从外面进来，身上有灰，坐脏了多不好，也不忍心。"袁丹菲呀袁丹菲，你咋就改不了总是替别人着想的毛病呢，并不是所有的替别人着想都好啊！袁丹菲说："你跟李美丽解释解释，我真有事得走了。"不容我说什么，袁丹菲快步地走去了，在她转头的一瞬间，我看到了她的红眼圈。

我转身上楼，我要跟李美丽替袁丹菲解释清楚，让李美丽知道袁丹菲是怎样一个人。李美丽打开门，脸若冰霜，并没有闪开身让我进屋的意思，李美丽不高兴地说："你领来的这是什么人啊？嫌人家脏还来。"我忙跟李美丽解释，李美丽对我的解释根本不相信，李美丽打断我的解释说："算了，这个人我反正不想再交往的进来吧，中午想吃什么？我做。"

我摇摇头，我说我不舒服，我得回去。我下楼，给袁丹菲打电话，我说："你在哪？我现在必须见你，我现在很伤心，你是我最好的朋友，你不把我的悲伤承受了，你就再也见不到我了。"

电话里传来袁丹菲无奈而爽朗的笑声。

包 子

包子并不是什么贵重的食物，可在一个挨饿的人眼里，它比什么都贵重，它不仅能果腹，还包含了珍贵的情感，可这种情感在不饥饿时，包子就是包子，不再情动。

第一辑　情暖人间

最初，用他写文章的话说，他的生活近乎穷困潦倒。他脱离了父母，蜷窝在一间低矮、阴暗又有些潮湿的小屋子里。他有时从文章中联想到自己蹲在监狱里，就很悲伤。但他大多时间是快乐的，因为他很自由，自由得可以做自己想做和喜欢做的事情。这让他在眼前忙碌奔波一脸痛苦表情的人们的这社会中感受到了一种幸福。他可以看自己想看的书，写自己想写的文章。但除了看书和写文章外，他不知道自己还能干什么。

这种看书和写文章的快乐没有多久就变成了忧愁，他从家里出来时带的那点钱已经用完了，尽管一切都可以节俭和将就，但肚子是将就不了的，吃好吃坏总得吃饱吧！他知道他不能够回到父母那里去求得帮助，他毅然地放弃了父亲苦心给他寻求的一份好工作，加之他的"不务正业"，也就伤透了父母的心。他去做那份工作远没有他现在快乐，但现在他有些明白了，快乐是建立在某种物质基础上的，比如说必须在肚子填饱的条件下才能够快乐的写作……

今天已整整一天没有吃东西了，肚子空落得他有些抓心挠肝了，书也无心看下去，笔也拿不动了，他突然对生活感到了绝望。这时他听到了屋外一个姑娘卖包子的声音，声音很脆，也很柔美，有一股不可抗拒的诱惑。他禁不住咽了两口唾沫，咬咬牙挣扎着走出房门。

他声音低弱地叫住了卖包子的姑娘，他红着脸，明显地说话底气不足，他说：你明天还来吗？

姑娘瞪着一双很美的大眼睛惊异地望着他，不知道喊住她的这个人为什么不买包子而问她明天来不来。她说：来呀！我每天都来的。他似乎记起了每天都听到了这个姑娘卖包子的声音。他吃力地对姑娘说：你能先给我拿几个包子吗？明天我还会买的，一起给你钱吧！他把目光移开了姑娘的脸。

姑娘望了望他灰暗的脸，说：行。你看我的包子好吃不好吃。姑娘说着就拣了六个热气腾腾雪白的包子递给他。问他：够不？他想说不够的，但他却点头说：够了，够了。姑娘就笑吟吟地走了。

他回到小屋里，狼吞虎咽地吃了六个包子。吃完后，他咂咂嘴，觉得像是猪肉酸菜馅的，很香。虽然不太饱，但肚子里毕竟不空了，并且有了一种慰帖的感觉。他在桌子前坐下来，重新拿起笔，突然就有一种想哭的欲望，他极力忍耐着，但泪水还是无声地滑落下来。

第二天，姑娘又来卖包子。他从屋里出来，喊住了姑娘，又说了同昨天一样的话。他比昨天镇定多了，脸也不那么红了，望着姑娘，觉得姑娘很可爱。

姑娘很麻利地给他拣了包子：吃吧，什么时候吃腻了，一起算。姑娘笑着说。

他有些激动，他发现姑娘拣包子的动作很优美，说话的声音很动听，还有一股亲切感，这使他感受到一种贴心贴肺般的温暖。他突然就有些脸红心跳，忙把目光从姑娘的脸上挪开。姑娘走远了，他望着姑娘的背影，有一些恋恋不舍的感觉。

后来，他们熟悉了。姑娘就一天两趟或三趟地走进他的小屋，他吃得饱穿得暖，也不觉得小屋阴暗潮湿了。他就有了很充足的时间，或者说是有了不再饥饿的肚子，而且有了温暖的思维来读书写作。最终他的作品也开始陆陆续续地走出小屋，不断地刊登在大大小小的报刊上。

第一辑　情暖人间

每当一篇文章写完或发表，他都痴情地对姑娘说：你的包子是越来越香了。

姑娘就绯红了脸，羞涩地低着头，不说话，一脸幸福的样子。

再后来，他开始出书，作品不断地获得各种奖项，他就被许多很有名有脸的人不断地拉出小屋，去参加一些很隆重的会议、宴请。一段时日后，他感觉到小屋是那么的令他不堪忍受，姑娘在他的眼里也不再纯情和可爱，显得很土气，姑娘做的包子也没有了先前的可口、香甜，嚼在嘴里干巴巴的，直扎嗓子……终于有一天，他做了最后沉重的思考，决定离开小屋。他对姑娘说：我们很不合适。然后他递给姑娘一叠很厚的钱。他觉得自己如此跟姑娘说自己会感到心中不安，但最后他没感觉到。

姑娘没接他的钱，而且还对他笑了笑，说：我知道，早晚有一天，我做的包子你会吃着不香的，这天……就来了。姑娘的眼圈红了，就走了。

他愣愣的望着姑娘远去的背影，心里有一种依依不舍失落的感觉。

他很能喝酒，请他吃饭的人很多，他醉倒的次数也就多。有一天，他喝酒时，竟没喝出味道来，吃一口菜也没尝出味道，他就慌了，去看了老中医。老中医把了他的脉，看了他的舌后说是火旺伤食，肝胃失调，以至麻木无味。开了两副汤药给他吃了。

没好。

他就去了医院，用仪器一查，就查出了绝症。他就懵了，当时就瘫倒了，他住在医院里，不吃不喝，他什

朋友啊朋友

么也吃不进去了。

这天，他精神很好，有了想吃点东西的感觉。看护他的人都很惊喜，问他想吃什么？他想了半天，说想吃包子，就有几个人跑出去买包子。包子买回来后，他看了看，摇摇头，却不吃，没人懂他的意思。这时，护士进来递给他一个包，说是一个姑娘给他的。他精神一振，突然坐了起来，他把包慢慢打开，几个雪白的热乎乎的包子露出来，他伸出瘦弱无力的手抓起两个包子，贴在脸上，两行热泪缓缓滚落下来。

善 爱

爱有很多种，爱情只是一种。什么样的爱情才是长久的爱情？波澜不惊的爱情，在生活中缓缓而行的爱情，因善良而发现她如此美丽的爱情。

她坐在他的面前，同他聊着，不急不促，也不缓不慢，像她人一样，淡淡的随和。他不记得她应该是他相看的第多少个女孩儿了，而这个女孩儿，让他同样没有感觉，她太普通了，从容貌到谈吐，都很一般，不出众。聊了一会儿，他起身，礼貌地说自己有事要先走一步，这是他没相中礼节性的婉拒。她笑笑，波澜不惊地起身送他出门，她应该明白他的意思的。

外面正下着雨，他开车来的，他拿出车钥匙的时候，她说了一句话："慢点开，雨天路滑，注意安全。"他

第一辑　情暖人间

笑笑，望了她一眼，她微笑着，很自然很随意。她已经知道他的先行告辞意味着他没看上她，她还这么关切地说，现在的女孩儿，被拒绝不当场翻脸就不错了。他心里突然就暖了一下。以往相看的很多女孩儿在他没有明确拒绝而拿出车钥匙的时候都会妩媚地笑着对他说道："开车来的呀！送我一程呗！"他自然不好拒绝送她们回去，送回去也就送回去了，再没有下文，是他主动要求没有下文的。而今天的这个她，竟然在下着雨的这个时刻都没有要求他送一下，而是告诉他自己开车小心，雨天路滑。他心里暖了一下后，便有些不忍，晃了一下车钥匙说："我送你一下吧，下雨呢！"她依旧微笑着晃了一下头说："不用，我没多远，几步路就到了。"说着，从包里掏出一把小巧的折叠伞，催促他说："快走吧，别耽误了事。"他犹豫了一下，往外走去。

"哎⋯⋯"她叫了他一声，他站住了，转过头来，她一定是改变主意了，或是欲擒故纵看他是否坚持送她，她和那些要求送一程的女孩儿不会有什么不同的。她说："你开车慢一点，别溅行人一身泥水。"说完，她打开雨伞，冲他挥了一下手，向雨中走去。那一瞬间，他怔住了，望着她走向雨中。他突然觉得雨中的她是那么的熟悉，那么的亲切，一股巨大的热流直冲他的心胸，让他呼吸困难，他急步向她撵去。他撵上她，拦住了她，他的脸红红的，说话有些语无伦次，这是他多少年都没有过的了，他说："我想送你一程。"她笑笑说："不用，真的，我没多远，你快开车走吧，雨淋到你了。"她说话的同时把小巧的雨伞向他的头顶倾斜了一点。他不走，还十分固执起来，孩子似的对她说道："不行，我必须

朋友啊朋友

送你。如果……如果你同意，我想一辈子送你……不是，一辈子接你回家。"

他们结婚后，他的朋友们都很羡慕他，说他找了一个善解人意又温柔体贴的好妻子。他就笑，给他们讲他和妻子相见时的事。他说："我已经对她放弃了，我已经走出去了，我没想到被我拒绝了的她竟然会告诉我开车慢点，自己注意安全，还不要把泥水溅到行人身上，这样一个处处为别人着想满怀爱心的善良女孩儿，我竟然差点错过了，现在想想，还一身冷汗呢！"他的妻子就在一旁，很随和地笑着。

鹰爪功

相敬如宾的夫妻并不一定是把日子过得美好的夫妻，妻子的鹰爪功很厉害，能抓破他的脸，让他无脸见人，可他们却是相亲相爱的好夫妻。

电视台搞了一台现今很流行的夫妻感情测试类的综艺节目。他和她作为一对相敬相爱的夫妻被推荐参加了节目。参加节目的还有另外几对夫妻。节目在热烈而欢快的气氛中进行着，虽是测试的节目，但问题都不是太难，几乎是夫妻而且多少有点心有灵犀的就可以做到的。这也是节目的宗旨，通过节目进一步加深夫妻间的感情，而不是破坏。

节目最后的一个测试项目是认手，就是把妻子们带

第一辑　情暖人间

到一排挡板后面，把手从挡板的空隙中伸出来，让丈夫通过认手来认妻子。这个测试很别致，独具匠心，把节目带进了高潮。妻子们被带到了挡板后面宣布测试内容时，丈夫们都显得很紧张。虽然每个人的手都不同，但并不是每个丈夫每个男人都喜欢抚摩欣赏妻子的手。何况，女人的手大多被纤细、柔软等词汇笼统概括着。妻子们的手从挡板缝隙中伸了出来，主持人请丈夫们前去认手，也是认妻。脸色紧张的丈夫们从座位上站起来，腿都有些抖，迟疑、缓慢地向一双双女人的手走去。

只有他从座位上站起来后，脸色从容，步伐坚定有力，毫不迟疑地快步走向那一双双手。他的目光迅速地扫视了一眼那一双双女人的手，然后目光便坚定地落在了一双手上，近乎小跑地走过去，一把抓住了那双手，抓得紧紧的。而其他的丈夫们，还在犹豫着该抓住哪一双手。

主持人是聪慧的。这最后的别致的测试给除了他之外的男人们带来了意想不到的困难，如果一旦抓错了手，除了尴尬之外，怕是后果会很严重。主持人在他紧紧抓住一双女人的手而其他男人还在犹豫时，立刻高呼测试停止，并立即把他和他抓住的手中间的挡板打开——他抓住的正是他妻子的手。在一片热烈的掌声中，主持人宣布他们是今天节目最终的获胜者，并玩笑地对其他男人说道："你们对妻子的感情很深，但是步伐太慢了。"

主持人问他，为什么会那么快那么坚定地认出并抓住了妻子的手呢？

他笑笑，深情地望一眼妻子，握紧妻子的手说："我妻子会鹰爪功，抓破过我的脸，怎么能记得不深刻呢！"

霎时，现场一片寂静，所有人的目光都牢牢地盯在

朋友啊朋友

了他们身上，似乎他的脸刚刚被妻子抓破，鲜血淋漓。主持人也没有想到他的回答竟是这样的，微怔了一下后忙道："先生的玩笑开得很好……"

"不是玩笑，是真的。"他说道。他轻轻地抬起妻子的手，亲吻了一下，面对着观众说道："我在一个很有权力的部门工作，有一次，也是唯一的一次，我和几个同事收了有求于我们的一个人的钱，我把我那份拿回家，我妻子问我钱哪来的，知道了钱的来路后，我妻子劝我把钱退回去，我不退，并吵了起来，她突然狠狠地在我的脸上抓了一下，把我的脸抓破了，她说：你已经不要脸了，只要钱了，你把钱贴在脸上出去吧！这一抓，很痛，也使我的心幡然警醒，钱再好，再多，不是正路来的，花出去也挣不来脸面啊！我立刻把钱退了回去。后来，事情败露了，我的几个同事都进了监狱，而我，还能站在这里，把脸坦然地面对每一个人。如果我妻子的手不抓破我的脸，而是欣喜地数着我带回家的钱，今天我可能也在监狱里……是我妻子这双手拯救了我，我怎么能不牢牢记住呢！"

寂静的现场掌声雷动。

真　爱

一个家庭，只有爱情就够了吗？如果只需要爱情，怕是不会有一个长久的家庭，爱情是可以筑就家庭，但并不是家庭的必需品。

第一辑　情暖人间

他写作获得成功的时候，她已经被生活磨成了再平庸不过的家庭主妇。在诸多耀眼的光环把他衬托得像一颗明星时，她作为女人的优美已消失殆尽。然而，他成功的喜悦还没等他来分享，她便遭到了他天寒地冻地打击。他面对着她，告诉她，他有了情人，一个很年轻的像她年轻时一样漂亮的女人。他完全被那个漂亮的女人迷住了，他陷入了那个漂亮女人的温柔之中，不能自拔，他觉得他又找到了真正的爱情，虽然他和她也是因为真正的爱情结的婚。

他向她摊牌，他把自己又遇到了真正的爱情向她敞开了，他知道她早晚会知道的，他请求她跟他离婚，让他和那个女人结婚，让他又找到的真正的爱情有个归宿。

面对他的坦诚，她嫣然一笑，坚决地说道："我不可能跟你离婚的。如果你现在是个一无是处的穷光蛋，你告诉我你又找到了真正的爱情，那个女人真的爱上了你，我会选择跟你离婚的。可现在不是，你的成功，成了那个女人真正爱上你的原因。而你的成功，却有着我这么多年来默默无声支持你的一份辛劳，我不能把我辛劳付出换回来的成果就这么轻易地拱手让人，我做不到。而且，我们的爱情是建立在一无所有基础之上的，那时，我们有的，仅仅是两颗相爱的心，而不是有着现在这么多外在的东西。"

他已经被又找到的爱情团团围住了心智，她的话他已经听不进去了，他觉得她简直是在奇言怪论，简直就是在有意讹诈他的成功，简直就是在恶毒地诋毁他眼下遇到的真正的爱情。他怒目圆睁，愤怒地望着她说道：

朋友啊朋友

"不要亵渎我又找到的爱情,没有外在的东西,我和她的爱一样纯真,一样是心与心的碰撞。而我和你的爱情,是曾经有过,可现在它死了,没有了,我们就没必要厮守在一起了。"

她望着怒容满面脸色通红的他,不温不火地说道:"一个家庭,只有爱情就够了吗?如果只需要爱情,怕是不会有一个长久的家庭的,你应该清楚,爱情是可以筑就家庭,但并不是家庭的必需品。"

他几乎要跳起来,冲着她喊道:"别说没用的了,你说,你想怎么样才能够离婚的?"

她的眼睛有了点点晶莹,她笑笑,宽容地看着他,走过来,轻声说道:"当你能够站起来的时候。"说完,她熟练的轻轻从轮椅上把没有双腿的他抱起来,放在了床上,盖好被子。回转身,关上电脑,电脑屏幕上他找到的真正的爱情的女人消失了。

酒　友

喝酒喝成朋友的人很多,厂长老张的酒友也很多,可身体不能再喝酒了,老张的酒友还多么?没有酒,只有友,生活是否更加美好呢。

老张是个厂长。老张厂子生产的东西销路很好,有些供不应求,因此老张常被请吃请喝。被请吃请喝当然是很有面子的,面子是有了,可身体有些受不了。老张

第一辑　情暖人间

感觉身体不舒服，去医院做了身体检查，体检单一出来，老张吓了一跳，各项指标箭头齐刷刷向上，再看后面的数字，尤其是其中几项很重要的，数字高得惊人，老张心里直突突，忙把体检单拿给医生看。医生见了，也吓了一跳，还真很少有老张这样指标超高的呢！就对老张说："指标太高了，抓紧吃药降吧。但你记住了，千万不能再喝酒了，不是吓唬你，弄不好有生命危险的。"老张不想死，老张发狠地说："真不喝了，体检单我就揣在兜里，再吃饭让我喝酒我就掏出来给他们看，看谁还敢让我喝！"

老张就真的不再喝酒了。体检单整天揣在兜里，有饭局能躲就躲，实在躲不了，吃饭时只要人家让他喝酒，他就把体检单拿出来给人家看，还问人家："你们是请我吃饭还是要我命？"请者一看体检单，也吓了一跳，真不敢逼老张喝酒，老张想喝什么随便，啥也不喝也没说的。老张就感觉自己的身体渐渐地好起来。

感觉身体正在好起来的老张这天必须喝酒了。虽然身体感觉好了一些，但还是不能喝酒的，可老张没办法了，老张被逼到了死胡同。一个外地的李老板要入股厂子投资扩建，这也正是老张一直想做而无能力做的。李老板考察完老张的厂子，觉得有投资价值，就和老张对厂子的投资扩建及今后发展都进行了深入的洽谈，达成了一个基本投资意向，这对老张来说，无疑是梦寐以求的好事。事情谈得差不多了，也到了吃饭时间，老张宴请李老板。老张不能喝酒，就让自己的副手陪李老板喝。李老板一看老张不喝，有些不悦地说："我这人喜欢喝点酒，也喜欢喝酒的朋友，张厂长怎么着也得喝一

朋友啊朋友

点吧！"老张不好拿体检单给李老板看，只好说道："医生不让我喝酒……"李老板一挥手说："信医生的也没看谁长生不老，酒该喝还得喝！"副手就连忙把老张体检的情况进一步夸大其词地说给李老板听，以为李老板还不得吓得面无血色，没想到，李老板听了面不改色，微笑着说道："我不管是真是假，就问张厂长一句话，这酒喝还是不喝？"老张和副手就怔住了，副手把笑脸落下了，看着老张，意思是李老板如此咄咄逼人，大不了不要他投资，我们现在这样也挺好。老张缓缓地站起来，微笑着抓起桌子上的酒瓶说道："好，李老板喜欢喝酒的朋友，我今天就做你的酒友了。"说着，往酒杯里倒酒。"慢着，这个酒度数太低，喝我的酒吧！"李老板突然说道，转头向坐在身边的助手吩咐道："去把我的那瓶高度酒拿来，我和张厂子喝两杯。"老张的副手立刻惊慌地望着老张，脸上已是气愤之色。老张冲副手摇摇头，依旧笑着说道："好，度数越高，喝了感情就越深。"

李老板的助手把酒拿来了，李老板接过来，打开，给老张倒了一杯，又给自己的杯子倒满，对其他人说道："你们就喝别的酒吧，这瓶酒我和张厂长喝。来，张厂长，干一个。"说着，一口干掉了杯里的酒，微笑着望着老张。老张微微一笑，端起酒杯，一口干了进去……老张缓缓放下酒杯，老张有些激动，对担心地望着他的副手说道："把酒倒上，敬李老板。"

酒宴结束，李老板告辞，老张和副手把李老板送上车。看着脸色不红不白的老张，副手担心地问老张："没事吧？"老张很高兴，摇头说："没事，没事。"副手不信："那么高度数的酒，喝了半瓶还没事，怎么可能？"老张笑笑，摆摆手说："回去吧，明天开始做好投资前的各项准备工作，咱们厂子要迎来一个崭新的春天了。"说着，哼着小曲大步走去。副手惊讶地望着远去的老张，突然转身跑回饭店，桌子还没撤，副手拿起李老板带来的那瓶高度酒，晃了晃，还有点酒底，副手举起酒瓶，向嘴里控去，一股沁凉落进嘴里，竟然，一点酒的味道也没有。

同志你好

同志这个词已经很陌生了，好像已经没有人说起了，当有人叫你一声同志，并问一声你好时，久违的暖意是否又在心底冉冉升起呢。

"你又有什么事？是不是还是赔偿的事？"张大山一进屋，我的火气就从心底往外冒，说出来的话我自己都能感觉到有一股火药味。张大山来局里上访已不下十次，虽然我的主要工作就是接待上访者，可一个人三番五次地来上访，能不让人烦吗！更何况，张大山的上访就是有些无理取闹的，他在厂子干活受了伤，找到局里，在局里的过问下厂子按规定进行了赔偿，可张大山认为赔偿的少，要求增加赔偿款，厂子自然不会同意，他就来局里上访，想让局里给厂子下令增加赔偿款。局里不同意，他就一次次的来。张大山对我的火气显然已经习

朋友啊朋友

以为常，一脸讨好地笑着说道："就是增加点赔偿的事，我现在重活也干不了，也挣不了多少钱的，家里还有一个大学生，实在是难活啊！"我挥手打断了他的话："说多少回了，赔偿款是按规定给的，你能不能别来闹了，你来闹也闹不去钱的。"张大山脸红了一下说："不是闹，不是闹，就想增加点赔偿的，日子过不下去了……"我真是烦得很，粗暴地对他吼了一句："局里不管你过日子！"张大山怔了一下，脸红得有些发紫，我的这句话让他的自尊受到了打击，我想他该退却了。可没想到，他突然暴怒了，冲着我怒吼道："你这叫什么话？你是不是人民公仆？老百姓的死活你们管不管？"他的声音很大，蹿出办公室在走廊里跑动着，其他办公室的人也听到了他的喊声，有两个人跑过来，在门口看了一眼，看是张大山，立刻消失了。我没想到张大山会发怒，会用这么高的语调和冠冕堂皇的话语质问我，我被他的话激得心血怒腾，冷笑一声说："你别给我上纲上线，你的事就是不能办，愿哪去哪去。请你出去。"张大山立刻怒喊道："你们是国家机关，你们不给老百姓办事，你们看不起老百姓……"我刚要怒斥他，桌子上的电话突然响了，来电显示竟是局长办公室的电话，我心中一惊，显然在走廊里头办公的局长也听到了张大山的喊叫声，打来电话询问的。局长是新调来的，不知道张大山上访的情况，如果是原来的局长，知道张大山来了，早离开办公室出去了，被张大山看见还不被缠死。我接起电话，局长在电话里问道："怎么回事？"我尽力压制心中的怒气说："没什么，一个老上访的。"局长说道："我过去看一眼。"我刚要说局长你别过来，局长的电话已经撂了。我心里一声哀叹：完了，局长咋还来过问呢？还不被张大山缠死啊！

局长进来时，张大山的怒喊还在继续，对进来的局长他看了一眼，不认识，局里的人他基本都认识了，他还以为是外来办事的呢。局长来到张大山面前，笑着对张大山说道："同志你好，有什么事你好好说，我是新来的局长。"张大山顿时怔住了，显然他没有想到进来的这个人会是局长，而且微笑着跟他说话。我赶紧把情况向局长说了一下，并把对张大山赔偿的依据都找了出来。局长看完后，对张大山说道："按规定对你的赔偿是合理的，不存在少赔偿的问题。"张大山脸上的怒气消失了，低了下头轻声说道："我想增加点赔偿的，我现在干不了重活……"他把每次来都说的话又说了一遍。局长很认真地听他说完后说道："老张，这样吧，我派人对你的情况进行一下调查核实，如果真如你所说的那样，我帮你联系民政部门，可以申请困难补助的，你看好不好！"张大山的脸上激动地慢慢红了，直个点头。局长对我说道："你跟张大山去，把情况调查核实一下的。"我心里虽不情愿，但不得不点头的。

出了局大门，张大山脸上激动的红还闪亮着，我忍不住讥讽他："挺高兴的呗，把局长喊出来了。"

张大山摇了一下头，回头仰望着局长办公室所在的位置，饱含深情真挚地说了一句："同志你好！"

一刹那，一丝愧意从我的心底猛然涌起……

华贵的母亲

母亲是卑微的,母亲为了不让儿子在同学面前卑微,选择错误的华贵。可母亲能为儿子犯错,再怎么错,都掩盖不住母亲的华贵。

王明放学回到家,对妈妈说:"明天下午后两节课开家长会。"妈妈脸色立刻苍白了,犹豫了一下对王明说道:"我不去开家长会行吗?"王明望着妈妈:"我爸爸出外打工,你不去谁去呀!"妈妈苍白的脸上有了一丝红,说:"妈妈是个下岗工人,上不了台面的。"

王明立刻明白了妈妈为什么不想去开家长会了,是怕自己低微的身份给儿子丢脸。王明鼻子一酸,拉起妈妈因干活而变得粗糙的手说:"妈妈,虽然你是个下岗工人,但你永远都是我最伟大的妈妈,你一定要去参加家长会的,这次考试我又考了第一名,我还想让同学的爸爸妈妈羡慕你有我这么一个儿子呢。"

儿子善解人意又不为家庭而自卑,妈妈高兴的含着泪水狠劲儿地点了点头。

第二天下午,家长会的时间眼看到了,王明还没看到妈妈。妈妈已经答应了,难道又反悔不来了,王明的心中有些失落和悲伤。突然,王明发现匆匆走过来的一个女人很像妈妈,可女人穿着一件华贵的裘皮大衣。王明揉了一下眼睛,没错,穿着裘皮大衣匆匆走来的女人就是妈妈呀!这身华贵的裘皮大衣妈妈从哪里弄来的

第一辑　情暖人间

呢？为了自己上学和维持贫困的家庭生活妈妈连件像样的衣服都没买过的，更别说这么华贵的裘皮大衣了。王明赶紧跑过去，一把拉住妈妈的手，来不及问妈妈哪来的裘皮大衣，忙把妈妈拉到座位上，家长会已经开始了。

坐在座位上的妈妈脸红红的，粗糙的手掌握着王明的手，全是汗水。当老师公布王明考试成绩第一时，所有学生家长的目光都十分羡慕地投在了他们的身上。邻座一个也穿着裘皮大衣的学生妈妈小声训斥着自己的孩子："瞧瞧人家，子贵母荣，我也穿裘皮大衣，可你呢，让我丢人。"王明看了一眼妈妈，妈妈的脸红红的，紧紧低着头。

家长会一结束，妈妈立刻起身就走。王明紧跟着撵出来，扯住妈妈问："妈妈，你这件衣服哪来的？"妈妈红着脸慌乱地说道："你别问，先回去。"王明还想问，妈妈急了，王明只好停下脚步，看着妈妈快步走去。

王明妈妈匆匆来到一幢花园式的住宅区，来到一户门前，看着房门半开着，王明妈妈脸色立刻惨白了，站在门口犹豫了半天，还是伸手推开了房门。

屋里的一对中年夫妇和两个警察看王明妈妈推门进来，全愣住了。中年妇女望了一眼王明妈妈身上的裘皮大衣对两个警察说道："就是这件裘皮大衣。"又瞪着王明妈妈说道："张嫂，我们请你来我家做工，工资也不少给你，你怎么还偷我的裘皮大衣呢？"

王明妈妈脸色由惨白变成了紫红，慌忙脱下裘皮大衣递过去，嗫嚅着说道："对不起……"

中年妇女说："偷完又后悔了吧！也别跟我说对不起了，跟警察说吧。"两个警察过来，严肃地对王明妈

朋友啊朋友

妈说道："跟我们走一趟吧！"

"别带我妈妈走！"突然一声喊叫，王明从门外冲了进来，一把抱住了妈妈，挡在了妈妈的面前。原来，王明并没有先回去，而是悄悄地跟随妈妈来到了这里，王明想知道妈妈怎么会穿了一件裘皮大衣来参加家长会。现在王明知道了，妈妈穿的裘皮大衣是她雇主的，妈妈是为了不让儿子在同学面前卑微，才趁雇主不在家，穿了女主人的裘皮大衣参加家长会的。开完会妈妈匆匆离开，是想趁雇主没回来前把裘皮大衣还回来，但还是晚了，雇主回来后发现裘皮大衣不见了，立刻报了警。

王明猛地跪在中年夫妇面前，流着泪说："我妈妈不是小偷，她是为了参加家长会不让同学耻笑我才穿了您大衣的，我知道我妈妈这么做不对，我是他儿子，我给你们认错，求求你们放过我妈妈吧！"说着，王明冲中年夫妇磕起头来。

中年夫妇一愣，连忙把王明拽了起来。中年妇女眼里闪着泪光，望着王明妈妈自责地说："张嫂，瞧我这记性，忘了你昨天跟我说过今天借这件裘皮大衣穿。"又对警察说道："真是对不起，是我忘了，结果把你们叫来了，真是对不起了。"两个警察对视了一眼，善意地笑了笑，走了。

王明妈妈眼里一下子盈满了泪水。

第二辑　人生路上

　　我们在人生的路上跋涉，谁也不知道会遇见什么。我们在人生的路上奔跑，谁也不知道会不会摔倒。即使我们遇到了困苦与不幸，即使我们摔得鼻青脸肿头破血流，我们依旧在人生的路上前行，因为，人生路是我们自己要走的路，无人能够替代。

谁在哭

　　谁在哭？隔壁的女人在哭。她为什么哭？因为她缺少爱，缺少男人的爱，孤独使她忍不住哭泣。梅和丈夫伟与隔壁的女人相识并熟悉，可给他们带来的是什么呢。

　　半夜十二点，梅突然被一阵哭声惊醒了。梅紧紧地捏着被角，屏声静气地听着哭声。哭声细微微的，是极力压抑着的呜咽声。这哭声在漆黑的夜里让人不觉得恐惧，倒让人伤感得透不过气来。梅听了一会儿，也没有辨别出哭声是从哪里传出来的，似乎哭声从房间的不同方向跑进来，有意要把整个房间都充满这种令人伤感的细微的哭声。

梅推了推身边响着香甜鼾声的丈夫伟。伟没醒，鼾声依旧。梅就用力地推了推伟，梅被这黑暗中细弱的哭声击打得心里酸酸的。伟哼了一声，呜噜着说道："你干什么呀，深更半夜的。"

梅说："你听，谁在哭？"

伟翻了一下身，搂紧了梅梦呓般地说道："你做梦了吧，快睡吧！"

梅掰开伟的胳膊，抻了抻伟的耳朵说："醒醒，醒醒，你听，真的有人在哭，是谁在哭。"

伟被梅抻得清醒了，伸手打开了灯，灯光一下子添满了房间，黑暗猛然逝去，仿佛一切也都随之消失了。伟听了听说："哪有人哭啊，一定是你做梦了。"

梅睁大眼睛四下里看了看，一点声音也没有，有的只是灯发出的轻微的嗞嗞声。刚才的哭声像是根本没有来过似的。可是，梅分明是听到了哭声的。而且，还是一个女人的哭声。

伟伸手拉灭了灯。房间顿时又沉在了黑暗中。伟的鼾声很快便又响了起来，梅紧紧地贴在丈夫温暖的胸膛上，目光在黑暗中亮亮地搜寻着。梅突然坐了起来，拍打着伟叫道："你快听，你快听，是隔壁，是隔壁的女人在哭。"

伟被梅拍打得惊坐起来，望着雪白的墙壁迷迷糊糊不高兴地说道："哪有什么哭声，你怎么了？"

梅用力地抱住伟的一只胳膊说："你听，真的是隔壁的女人在哭的。"

伟就认真地听。伟说："可不，真的在哭。"

隔壁住了一个单身女人，但伟和梅都不知道这个女人叫什么，平时碰了面也只是相互点点头，就像真正的楼房住户邻里之间的样子。

女人的哭声还是那么细弱，但好像清晰了许多，也不见有停止下来的迹象，一直是在嘤嘤地哭泣着。梅心里酸得受不住了，梅眼睛潮湿地说："咱看看她去吧！"

伟说："去了说什么呀？"

梅说："不用说什么，一个单身女人，深更半夜地哭除了孤独还能有什么。"

梅和伟便敲开了隔壁女人的门。

梅和隔壁的女人丽很快便成了亲姐妹似的好朋友。成了好朋友后，丽便成了梅家的常客，经常在梅家吃饭。

梅烧菜没有伟烧得好吃，每次丽来吃饭，梅就让伟烧菜。吃着伟烧的菜，丽羡慕万分地对梅说："你真幸福啊！"

梅听了，一脸幸福地望着伟说："等你找到了好男人，你也会感到幸福的。

丽的目光就深情地投向了伟，说："好男人哪那么容易碰到啊！"

日子久了后的一天，梅发现了丽投向伟的目光是深情的。梅就去问伟，伟的目光躲躲闪闪的，不敢迎接梅的目光。梅的心狠狠地刺痛了一下，眼前的幸福亮光慢慢地黯淡了。梅就不再留丽吃饭了，也很少邀请丽来家了。

一天深夜，梅又听到了丽的哭声，丽的哭声已没有

朋友啊朋友

很久了。躺在梅身边的伟突然坐了起来，推了一下梅说："你听，谁在哭？"

梅没动。黑暗中的梅手捂着胸口，梅感觉自己的胸口湿漉漉的。

梅和伟离婚了。

伟又结了婚。又结了婚的伟在无数个夜梦中惊醒，惊醒了的伟推着身边的丽说："你听，谁在哭？"

请选择

男人和女人在家庭上的选择有什么不一样吗？李美丽给老张两个选择，老张会怎么选择呢？

老张晚上没回家。老张原先晚上也不是没回家过，但总是要告诉老婆李美丽一声的。昨晚老张和情人有些兴奋大劲儿了，就忘了给李美丽打个电话说不回去了。起早，老张回家，顺便买了早点，再想一个昨晚没回来的理由，他和李美丽的婚姻，不到万不得已还得凑合着过下去，毕竟他不是有权有势有钱的人，这种看似美好平和的婚姻只要没有揭开盖子触动伤痛就得维持着。

老张到家时，李美丽已经起来了，并且自己熬了粥喝，没有老张的份儿。往常老张晚间没回来李美丽都要留老张的份儿，因为老张晚间没回来早上一定会回来的。可今天老张早上回来了，李美丽却没有老张的。李美丽坐在桌边喝粥，看老张进来，老张把早点放在桌子

第二辑　人生路上

上时，李美丽看了一眼，轻飘飘地看了一眼，什么也没说，接着喝粥。老张本以为李美丽看到他带回来的早点，脸上会有些笑容的，再好一些会半真半假骂他一句"出息了"之类的话，可今天李美丽什么也没说，也没有表情，像他不存在似的。难道李美丽知道了？老张有些心慌，连忙把路上想好的昨晚没回来的理由拿出来对李美丽说道："我昨晚……"

"我替你说理由吧！"李美丽突然开口，打断了老张要说的话。李美丽抬起头，望着老张说道："我昨晚没回来，理由一：单位有个紧急任务，加班了，忙了一晚上，忙得都忘了打电话说不回来了。理由二：上面来了领导，陪领导喝酒唱歌洗澡，有领导在，不好打电话。理由三：跟小王他们打麻将去了，死活不散场，还不让打电话，怕一打电话会叫回去的。理由四：……"李美丽一口气说了十来个理由，像领导做报告似的，条理清晰，头头是道，每条理由都是那么的恰当、顺畅。老张听得身上直刺挠，出了微汗，他不是惊讶李美丽的口才，李美丽不是个能言善辩的人，而是惊讶自己能想出这么多晚间不回家的理由，李美丽说的这些理由全是他用过的呀！李美丽说完，盯住老张的眼睛说："还有什么新的理由吗？你说说。如果没有，你就在这些理由里选择一个吧！选择完了就吃饭，你不是把早点都买回来了吗！"老张无力地坐在桌边，老张吃力地说道："我不选择，我放弃。"

李美丽微微一笑说道："那好，我给你两个选择，A：我成全你和你的情人，我可以和你离婚，但房子和存款归我，因为孩子不可能跟你，他不会同意的，房子是我

朋友啊朋友

和孩子遮风避雨的窝，存款是给孩子上学和结婚的。B：你和你的情人自此一刀两断，我们的婚姻虽然笼罩上了一层阴影，但并不影响我们这个家像模像样地过下去，你在我的眼里虽然不是一个好男人好丈夫，但你在孩子的眼里还是一个完好的父亲，我可以保证不跟孩子透漏你的不洁。"

老张不吱声，望着李美丽。李美丽说："请选择吧！"老张突然就笑了一下，抓起早点，咬了一口说道："你认为我一定会选择 B 对吗，我告诉你，我放弃。"李美丽一怔，起身说道："你不能放弃，你必须选择一个，A 或是 B。"老张把一个早点吃完，拍了下手望着李美丽说："我选择 A，除了爱情一无所有。我选择 B，生活依旧没有激情了无生趣，放在你身上，你会选择哪个？"李美丽的眼圈慢慢地红了，李美丽说："如果是我，我会选择 A。如果我是你，我会选择 B。"老张惊诧地望着李美丽，不解地问道："为什么？"李美丽说："因为我是女人，你是男人。女人只有爱情也可以活，男人只有爱情活不了。"

老张猛地颤了一下，望着李美丽缓缓说道："我选择……"

官太太

能成为官太太者，实属不易。长相守，习相近，官气有之，腐败亦可有之。官太太做不做，人生两难。

第二辑　人生路上

邻家小妹，美貌非凡。正是婚嫁年龄，多有俊男才子前来求婚，却都被小妹一语击退。

小妹何语有如此威力，令众多俊男才子退而却步。询问得知，小妹一语为：我要做个官太太。

此语的确令人闻而生畏。

想想，小小县城，弹丸之地，所谓官者，能有几人。由此，能为官太太者，亦能有几人。何况，此时亦非从前，不可一夫多妻。能成为官太太者，实属不易。而能成为官太太者，则自是风光无限。

小妹之心，无非是想风光无限。

县城官者甚少，又不缺太太，小妹之语自难兑现。父母为其急，亲朋为其急，急其婚嫁之龄不婚不嫁，误了终身幸福。也自然都知小妹之心，苦劝之。言官者少之，年龄老之，岂能为之误了大好终身。

然小妹不听劝，亦是一语挡之：做不了官太太，不谈婚嫁。

父母无奈，亲朋无奈。婚姻自由，父母不可强主，亲朋亦不能为主，眼巴巴望着小妹，内心焦急。天长日久，所急已非小妹之人，而是急盼县城之中出现一位与小妹年龄相仿的官者。

可巧，皇天不负苦心人。外派一年轻官者来此上任，且尚未娶妻。想为官太太者亦非小妹一人，而是大有人在，小妹也只是其中一者。自然，竞争十分激烈。然最终小妹胜出，如愿做了官太太。父母心悦，亲朋欢跃，为小妹如愿以偿，也亦为小妹成了他们的荣耀。

小妹何以在众多佳丽之中胜出？

探询其因，却也是令人震惊。官者本已有谈婚论嫁

朋友啊朋友

之女友，面对众多追求者，亦坚如磐石，不为所动。然听说小妹之语之事，官者动容，一声长叹：此女心之坚决，天下难得。一语定音，小妹取替之谈婚论嫁之女友。

小妹嫁于官者后，亦不常回常转，故少见之。偶有回来，则是车接车送，大包小包，真正的一个风光无限。

吾在楼梯之口遇见小妹一回，穿着实实鲜亮。吾招呼之，小妹望吾，竟无言，擦身而过，令吾实实尴尬。真是嫁鸡随鸡嫁狗随狗，嫁个官人也会抬头走啊！回家学与老妻，老妻一语点破世间真理：近朱者赤，近墨者黑，官太太吗，整天陪伴在官者身旁，能没有点官气吗！

官者，自然要有官气。官者太太，不是官者，亦也要有些官气。此怕国之特色了。

小妹为官太太两载，忽就弃了官太太一职，回归家中。此举又是众人皆惊。父母心急，亲朋亦心急，纷纷埋怨小妹弃官太太而不做，实不应该。小妹怒急语："谁愿做谁做，我不做了。"

再见小妹，满面戚容，让人心生犹怜，便忘了早日视而不见之不快。问候。三言两语未尽，小妹泪水涟涟，真言相告：弃官太太不做，本不情愿，然此时不弃，怕是有牢狱之灾了。那时，怕是平民之妻也做不成了。

吾便心明知，小妹之官人，腐败也。纵观腐败之官者之太太亦多腐也。长相守，习相近，官气可有之，腐败亦可有之。我为小妹弃官太太而不做，庆幸。

吾自尽平生所学以理安慰。

小妹亦自语：好歹，也算做了一回官太太，心愿偿矣。

第二辑　人生路上

听　墙

楼房不隔音已成常态，小两口吵架也是常态。俗话说隔墙有耳，听听隔壁的热闹也不错，可听来听去，听到的也许就是自己在热闹。

小两口哪有不吵架的。尤其现在的且是新婚的小两口，刚住到一个屋檐下就吵亦已是很正常的事情了。张明和李美丽就是这样的小两口。

张明和李美丽结婚的第二天早上就吵了起来。说是早上，其实已快到中午了，俩人从甜美的睡梦中醒来，睁开眼睛看到身边躺着一个人，恍惚了一下，随即明了，从今以后床上再也不是自己一个人了，结婚了。俩人相视着甜蜜地笑了笑，很温情的。不知谁的肚子这时咕噜地叫了一声，几乎是同时，俩人都冲着对方说了一句："我饿了！"按常理来说，俩人同时说出了一句话，应该相对而笑的，可没有，俩人同时说出这句话后，却沉默了，相互对望着，他们都希望对方能够起身去准备早餐，或者去找点吃的拿到床上躺在被窝里吃。可谁也没动，一动没动，你看着我我看着你，听着肚子开始咕咕鸽子般的鸣叫。男人的忍耐性永远没有女人好，张明忍不住开口对李美丽说道："去弄点吃的呗！"李美丽眨动了两下有着长长睫毛的大眼睛说道："你去。"张明说："你是媳妇啊！你应该做好早饭然后叫老公起床的。"李美丽一撇嘴说："凭什么呀？我是你媳妇不是保姆，谁说

朋友啊朋友

媳妇就一定要起床做饭的？我们家都是我爸起早做饭然后叫我和我妈起床吃饭的。"张明立刻不屑地说道："你爸还是男人不？我们家都是我妈做好饭招呼我和我爸的……"张明话还没说完，李美丽已出手狠狠地掐了张明一下，面带怒气地说道："谁爸不是男人啊？你凭什么那么说我爸呀？你想叫我受苦受累，你还是男人吗？"张明怔了一下，脸色立刻涨红地说道："我怎么不是男人了？你爸才不像个男人呢！"李美丽立刻冲着张明高声喊道："你才不像个男人呢，我怎么看上你了呢……"

俩人就这样吵了起来。而且越吵越激烈，声音越吵越高，吵声中火星飞溅，迷漫着一股浓浓的硝烟味。有人说硝烟的味道会使人兴奋，也不知道是真是假，反正俩人吵得天地昏暗，日月无光，最后疲惫不堪方才罢嘴歇战。一歇战，俩人同时做出了一个翻身的动作，床上的局面立刻成了背对背。背对背后，一切归于平静，是寂静，屋子里寂静得可以听得到空气游走的声音。

突然，他们听到了吵架声，很激烈的吵架声，虽然吵架声混乱不清，听不出吵架的内容，但他们绝对可以断定是吵架声，因为他们刚刚吵过，男女的声音在激烈的碰撞，在火花飞溅，在忽高忽低地缠绕搏斗。张明和李美丽近乎同时翻回身来，对望了一眼，刚吵过的不愉快被突然而来模糊的吵架声一下子打飞了，他们屏住呼吸，努力听着，确定吵架声是从隔壁传来的，李美丽一直腰坐了起来，把耳朵贴在了墙上。张明也立刻起身把耳朵贴在了墙上。隔壁的吵架声持续了很长时间，俩人把耳朵紧紧地贴在墙上，捕捉着不是很清很准确的声音，俩人的眼睛充满了兴奋的色彩，直到隔壁的吵架声完全

第二辑　人生路上

熄灭了，俩人眼睛里的兴奋才渐渐地黯淡下来，恋恋不舍地把耳朵离开了墙壁。张明和李美丽没有再躺下，起身，穿衣，上厕所，洗脸刷牙，找东西吃，吃饱喝足后，俩人牵着手出门了。

没过两天，张明和李美丽又吵了起来，还是因为谁起来做饭的问题，俩人又吵得昏天黑地的。再以后，俩人吵架便成了一种常态，有时三两天吵一下，有时十天半个月吵一下，因为年轻，火力都很壮，一吵就吵得地动山摇。但吵过了，又很快和好，像是什么也没发生过似的。当然，吵架的原因已经很多了，不再只是因为谁起来做饭的单一问题了。不吵架时，俩人又都很安静，玩儿电脑看时尚杂志，场面很像平静的湖水，波澜不惊，不过，有时这对在湖面上安静温馨的鸳鸯会突然惊起，因为他们突然听到了吵架声，隔壁的，他们迅速地把耳朵贴在墙壁上，努力地倾听……大多还是听不清，听不清他们也兴奋地听，这成了他们的一大乐趣，他们甚至断定，隔壁住着的也一定像他们一样年轻的夫妻。

这天，张明和李美丽又吵了起来，吵得很凶，依旧地动山摇，激情澎湃。带着激情吵架，人需要花费的气力会更大，吵了没多大一会儿，俩人就都累了，累得不行，吵架的兴致突然消失，近乎同时一歪身靠在了墙上，身心俱疲得像要死去一样。突然，俩人听到了一个声音，是从隔壁传来的，这声音不是每回他们努力要倾听的吵架声，这声音很轻，也应该很小，但他们却听清了，真真切切无比清晰地听到了隔壁传来的声音：嘘！听——

张明和李美丽顿时大惊失色，被针突然刺了一下似的猛地闪开了墙壁，惊恐地对望着。

孩子丢了

丢了孩子可是天大的事。杨林的孩子丢了，杨林急得要死。急得要死的不仅是杨林，还有丢了的孩子，虽然它不是人。

榆树乡派出所的王所长接到靠山村村主任的电话："快来吧，我们村杨林家孩子丢了，两口子都疯了，拎着菜刀挨家找呢！快要出人命了。"王所长立刻喊上个民警直奔靠山村。

王所长带着民警来到靠山村，来到杨林家，杨林血红着眼睛蹲坐在门槛上，脚下放着一把菜刀。杨林的媳妇躺在屋内炕上，哭得起不来身。看见王所长，杨林起身悲痛地对王所长说道："全村都找遍了，哪也没有。孩子才五个月大，不会跑不会爬的，指不定是谁抱走了。"

王所长望着杨林："你肯定是村里人抱走了你的孩子？"

杨林气哼哼道："你看看这山沟子，除了村里人，外人谁来？"

村子三面环山，几乎就隐蔽在山沟里，离公路也有好几里的，外人的确不可能来偷一个孩子的。王所长就问杨林："你和村里谁有过节吗？"

杨林想了想说："没有啊，跟谁脸都没红过的呀！"一旁陪着的村主任也说："杨林人缘好，跟谁都合得来，没听谁说过杨林的不是。"

第二辑　人生路上

王所长问:"怎么发现孩子丢了的?"

杨林忙说:"起早我去了一趟后山,回来时我媳妇出来抱柴火,等我和我媳妇进屋就发现睡在炕上的孩子不见了。"

王所长随口问道:"你去后山干什么?"

杨林一怔:"没干什么,去看看下的兔套套住兔子没有。"

王所长往屋里走:"有后窗户吗?"

杨林忙点头说:"有,有。"

来到后窗前,王所长看了一眼开着的后窗:"看来孩子是从这被抱走的。"

杨林一拍脑袋:"对呀,我和我媳妇一直在院子里,孩子从前门抱出来我们不可能看不到啊!"杨林扒上窗台就要跳出去。

王所长连忙叫住杨林,他自己绕到后窗,仔细查看,一脸诧异地说道:"怎么没有脚印呢?不可能啊!抱着孩子从窗户跳下来,力量再轻也会落下脚印啊!"又细细在附近察看,还是没发现脚印。王所长百思不得其解,难道偷孩子的人会飞不成。找不到脚印,无法针对脚印来查寻嫌疑人。王所长迅速做出决定,挨家挨户进行走访寻找线索。可王所长和民警挨家挨户走访了一上午,也没查出丝毫线索,村里所有人在孩子丢失的这段时间都没离开过家,只有一户人家男人不在,但是昨天就出了村去亲戚家了。这个结果,让王所长大失所望一筹莫展了。

就在王所长苦恼时,杨林飞快地跑来,一把抓住王所长:"快,我孩子的小鞋回来了。"

朋友啊朋友

王所长眼睛一亮："什么？孩子的鞋回来了？"

杨林气喘吁吁："可不，刚才发现我孩子的鞋在后窗户下了，孩子丢时穿着的。"

王所长心中一喜，孩子的鞋出现在后窗户下，说明偷孩子的嫌疑人开始行动了，也说明孩子没被偷走多远，偷孩子的人如果跟杨林没仇，必然是想勒索钱财的。王所长带领民警快速向杨林家跑去。跑到杨林家后窗户前，一眼就看到窗户根那齐整地摆着一双孩子的小鞋。王所长连忙蹲下身仔细查看，小鞋里没有王所长想看到的勒索纸条，却装满了樱桃般大小紫色的浆果。王所长看看浆果问杨林："这是什么果？"

杨林说："是山里的一种野果。"

王所长抬头望了一眼绿色葱茏的后山，自语道："山里的野果，难道孩子被抱进了山里？为什么要把孩子抱进山里呢？在孩子的鞋里装了野果送回来是什么意思呢？"王所长沉思着。

突然，身边的杨林啊地叫了一声，王所长偏头一看，一颗与鞋里一样的小野果不知从哪飞来打在了杨林的脸上，紫色的汁液立刻在杨林的脸上开了一朵小花。民警手一指叫道："所长快看。"顺着民警所指的方向望去，只见一只猴子飞快地攀着树枝向后山跑去。王所长心中猛然一动：难道……忙冲后山一挥手："快，跟住那个猴子。"

几个人追赶着猴子一直跑进山里。猴子在前面跑跑停停，还不住地用野果击打他们，弄得他们身上都是一块一块的紫色。猴子跑到一片枝叶茂密的地方不跑了，几十只猴子突然出现在他们头顶的枝丫上，一个个龇牙

第二辑 人生路上

咧嘴地冲他们凶叫着。一只猴子突然一声尖叫，几十只猴子便纷纷向他们甩下野果，野果雨点般落在他们的身上，几个人瞬间成了紫人。突然一声嘹亮的孩子哭声仿佛从云端落下来，几个人忙抬头望去，只见一只大猴子抱着一个孩子从茂密的枝叶间露了出来，还把孩子冲树下的几个人举了举。

杨林一声嚎叫："那是我的孩子啊！"

王所长望着抱着孩子的猴子，冷冷地问杨林："今天早上你来这到底干什么？"

杨林在王所长威严的目光中低下头，小声说道："我今早在这网了一个小猴子，准备拿到城里卖钱。"

王所长咣地踹了杨林一脚，骂道："黑了良心，你知道自己的孩子丢了心疼要死要活的，猴子丢了孩子就不知道啊！小猴子呢？"

杨林忙说："在我家的地窖里呢！"

王所长说："还愣着干什么，还不快去把小猴子带来。"

杨林忙飞快地往回跑去。不一会儿，杨林抱着小猴子气喘吁吁地跑了回来。杨林把小猴子松开，小猴子迅速地爬上了树枝，亲昵地扑到一只猴子身上。王所长、民警和杨林紧张地望着抱着孩子的大猴子，害怕大猴子一松手直接把孩子扔下来。大猴子看了一眼回到母亲身边的小猴子，一只手臂搂紧孩子，顺着树身慢慢地滑了下来。滑到树下，把孩子放在地上，望了一眼几个人，迅速地爬到了树上。

杨林跑过去一把抱起了孩子，眼含泪水望了望树上的猴子们，低下了头。

艰 难

　　心比天高，能力不高已是现今社会很多年轻人的写照，老张的儿子小张文不成武不就，急坏了老张，老张好不容易给小张找到了工作，却不是小张愿意做的。

　　早先的街邻老张来找我，领着他的儿子小张，让我帮忙给小张找点活干。小张从小就不喜欢读书，喜欢舞枪弄棒。喜欢舞枪弄棒的孩子不喜欢读书不奇怪，奇怪的是小张从不打架斗殴，看见打架斗殴的都绕着走。我们那条街的孩子只要是喜欢舞枪弄棒的，都喜欢打架斗殴，唯独小张，舞枪弄棒弄得文静静的。气得老张无数次地怒喝小张："文不成武不就，你可咋办呐？"

　　现在小张长大了，倒真应了老张的话，书没念成。这是自然的。武也没成就，恨得老张直往门外推小张："你出去打一架好不好！你去打一架给我看看行不行！"小张不出去，就待在家里。可总待在家里也不行啊！总得干点啥挣口吃的呀，不能一辈子都吃我们吧。老张就拽着小张来找在机关部门上班的我。小张还是文静静的，但个子长高了，高过老张一个脑袋，身体也魁梧，壮壮实实的。我瞧瞧小张壮实的身体，给一个开搬家公司的朋友打了电话，让小张到他那做搬运工。

　　老张很高兴，谢过我，就拽着小张去搬家公司了。可没过两天，老张就拽着小张又来找我，老张有些不好意思地对我说："这小子太熊了，瞧着又高又大的，浑身没有毛辣子劲儿大，连个沙发都搬不动……看看，能不能给找个轻巧一些的活。"我不禁哑然失笑，这小张还真是武不就了，白长了一个高大魁梧的体格子。我想了想，给开电脑打印的孙经理打电话，孙经理跟我多年交情，立刻说道："行，你让他来吧，我安排他打字，这活简单轻巧。"放下电话，跟老张小张一说，老张很兴奋，小张的脸上也有些欣喜，谢过我后便匆匆地走了。

　　两天后，小张来了，老张没来。小张脸红红的，站在门口不好意思进来。我把小张拽进来，问他怎么了，小张的脸上看得出是有事的。小张不敢抬头看我，蚊子似地嗡了一声："乔叔，我不干了。"我有些意外，问小张："怎么了，为什么不干？"小张又嗡了一声："太难了。我一打字手就不好使。"我差点笑出声来。想起来了，小张是文不成的，从小读书写字都头晕手哆嗦。我问小张："你不干了你爹知道吗？"小张点点头。老张知道，没来，一定是感觉不好意思了。我暗自叹息了一声，这小张能干点什么呢！我突然想起环卫部门正在悄悄扩招环卫工人，我立刻拉起小张："走，去环卫处。"

　　小张成了环卫工人。老张很高兴，专门跑来找我，非拉着我出去喝酒。我不去，老张鸡头白脸地说："我知道你不喝酒，你看着我喝行不？"老张的眼泪都要下来了，我连忙跟老张去了酒馆。老张一杯酒还没喝完，我便接到了环卫处的电话：小张脱下刚穿了不到一天的环卫服，不干了。我怔了一下，老张怔住了。老张怔住了老半天才醒过神来，啪地摔了酒杯，怒狮一般地冲出了酒馆。我撵到老张家，老张正在怒吼着扑打小张，小张就坐在床沿一动不动地任凭着老张扑打，脸上毫无表

朋友啊朋友

情。我拽开老张，问小张："怎么说不干就不干了？"小张不吱声。老张又扑过来打骂："你倒是说话呀？你到底想怎么着啊？你不知道这回环卫工人都是悄悄招的呀！是谁想干就能干上的吗？搬运工你干不动，打字你说难，这扫扫地的活你还干不了啊？"老张声泪俱下。小张慢慢地抬起头，看了我一眼，又迅速地垂下了头，在垂下头那一刻我听到了小张嗡了一声："太掉价了。"

我感觉自己的头轰的一下，心里有什么东西在沉落，拽着我的心肺，直让我喘不上气来。我看了一眼那么年轻的小张，慌忙逃离了老张家。

吃 殇

吃饭是大事。怎么吃、吃什么却是难事。表妹吃饭却不是难事，有当妈的天天做，可这做好的饭吃久了，除了亲情在饭里，也有了痛苦与忧愁在饭里。

临近中午的时候，房门被敲响了。打开房门，竟是表妹。表妹在百公里外的一个县城，今天一早来市里办事，事情办完，便匆忙过来看我，把她母亲我姑姑带给我的干菜送来。我把表妹拽进屋，责怪她说："怎么不提前打个电话？我好给你做点好吃的！"表妹说："想打来着，一忙就忘了。有什么吃点就行，我坐下午车回去。""着急回去干吗？待一天，明天下午回去。"我说。表妹摇头说："算了，车票都买好了。再说也没多远，说来就来的。"我边找外套边说:"走,出去吃,家里什么也没准备。"表妹坐在沙发上伸了个懒腰说:"不出去了,有什么就吃点什么,不吃也行,不饿。"我笑说:"还能不饿,忙了一上午的。不想动弹就叫外卖。"我拿起电话问表妹:"吃什么?"表妹说:"什么都行。"我说:"吃什么都是吃,喜欢吃什么咱们就要什么。快说!"表妹突然就怔住了,望着我发呆。"自己喜欢吃什么还不知道啊?还用费劲儿想啊!"我笑道。怔怔的表妹突然就堆缩在沙发里,目光恍惚地离开我,有气无力地说道:"我真的不知道,随便吧!"我只好按照自己的喜好和认为表妹可能喜欢的叫了外卖。

　　放下电话,我坐到表妹身旁,摸了摸她的额头,不热,我说:"怎么喜欢吃什么都不知道呢!一个人总会有自己喜欢吃的东西吧!"表妹笑笑,无奈地说:"我真不知道自己喜欢吃什么。你姑做什么,我就吃什么。"表妹和姑姑住上下楼,表妹一天三顿饭都在姑姑家吃。姑姑对做饭情有独钟,几乎不让别人伸手,我去姑姑家多次,每次都是姑姑大展厨艺,做的饭菜还真是很好吃。我说:"姑姑做的饭菜很好吃呀!不合你胃口吗?"表妹望了我一眼,苦笑着说:"我现在还不到四十岁,可我的胃已经六七十岁了,你说我会有胃口吗!如果你也这么吃,用不上两年,你也不知道自己喜欢吃什么了。"我一时发蒙,没明白表妹所说的意思。表妹看我不懂,叹息了一声说道:"我们现在早晚吃的是粥,午饭吃的是面食,都软软的,菜也是,这很合我爸我妈七十岁的胃口,可这么软的饭菜合我的胃口吗!我现在的胃动力已经没有多少力量了,已经提前进入老年了。"两滴泪

朋友啊朋友

突然就从表妹的眼中滚落下来。我有些慌乱，面前的茶几上有纸抽，我想抽两张纸递给表妹，又不敢。表妹从沙发里猛地直起腰，自己伸手抽了两张纸，擦了一下眼睛说道："谁都羡慕我，说我有多幸福，一天三顿饭顿顿吃现成的，让他们吃吃试试。"我不由地摸摸自己的胃，天天都吃这现成的怕我也会没胃口的。

饮食男女，人之大欲存焉。一个人连自己喜欢吃什么都不知道应该是很可悲的。我有些可怜表妹，我说："那你在家做点自己想吃的，哪怕几天一顿也行啊！怎么着也得给自己的胃留下一点喜好吧！"表妹无奈地苦笑着摇了下头说："半顿都不行。我试过的，结果你姑姑痛哭流涕，说我看她老了，不想亲近她了，人老遭人嫌。说她每天忙三火四地做饭让我们吃现成的，我还不满意不领情，还想她怎么对我们？没办法，好在吃饭又不是吃药，没必要惹她不高兴的。""你行了，能忍受，那爷俩呢？"我指的是表妹夫和表妹的儿子。表妹立刻牙疼似的捂了下腮帮子说道："受不了就跑呗！在单位吃，在学校吃，还能去自己爹妈和爷爷奶奶家吃，跑不了小脸就抽抽，吃饭跟吃药似的，惹得你姑私下里跟我骂他们爷俩是白眼狼，不是一家人。"

我心里一丝酸苦，我说："你跟我姑姑说一说，别把饭菜做得太烂糊，太烂糊了不香不说，对胃也不是都有好处，起码给你们弄点不是太烂的呀！"表妹一摆手说："说什么呀，怎么说？一天三顿饭让咱吃现成的，又挑软又挑硬的，怎么想啊！再者说，又硬又软的，也麻烦，合了我们的胃口他们的胃口也受不了。"我一时语塞了。

外卖送来了。表妹吃了一口,皱了下眉头。我明显地感受到,这饭对于表妹来说,有些硬了。因为,这饭我吃着不软不硬,正好。

不签名

老张就是老张,芸芸众生之一员,俗人一个,登不了大雅之堂,可一旦登上了大雅之堂,老张还是老张吗。

我和老张是在市文联组织的一次文学座谈会上认识的。老张也是写小说的,不过我写小说刚起步,老张已经迈开步了,出了两本书,虽然名声不是很响,也算是有著作的人了。老张其实并不老,不到四十岁,但喜欢人们叫他老张,笔名也叫老张,很大众很通俗,呼喊着却显亲切。许多人都对他说换一个笔名吧,老张这个名字太普通了,甚至有些庸俗,一点也不文雅。老张就笑,说:"老张就是老张,芸芸众生之一员,俗人一个,登不了大雅之堂,挺好!"

老张带来了他新出的第二本书,书带的很多,挨个人送,与会者人手一本。得赠书者或真或假都很羡慕老张,夸赞老张的书。其实书都是刚刚被老张送到手里的,喜好的赶紧翻看两下,不喜好的也就是掂一掂,但受人以礼,不能无语,好话还是要说上两句的。老张就笑,一个劲儿地说过奖过奖。真有喜好小说者,也包括我,拿着老张的书请老张给签名,老张却摆手,说:"不签,

朋友啊朋友

不签了，看看就得了，何必签名！"我们自然不肯，非让老张签名不可，老张就有些急，脸涨红说："请大家不要难为我好吗！我也不是多么清高，看不起大家不给签名，而是我的书实在没什么收藏价值，你看完了，稀罕就留几天，稀罕够了或不稀罕就把它卖了，或者送人，我还多一个读者呢！"

老张话说得言辞诚恳，毫无故作之态。此话就大俗大雅了，让人钦佩不已，著书立说者，有谁不希望自己著作被珍藏呢！老张的这番话，真是让我们这群俗利之人无地自容啊！我们便不再难为老张，从心底由衷的敬佩老张，就让老张成为挺拔高雅的一棵青松吧！也让日渐俗气的文学保有一点清新吧！

座谈会结束后，老张又接连出了两本书，依旧不签名，见谁都送，就是不签名。因为同是写小说，老张写得又好，我自然向老张取经学习，一来二去，便熟了。再后来，便同老张很熟了，一次我们俩人喝酒，老张喝醉了，说起送书不签名这事，老张醉眼迷蒙，指着我说："兄弟，你以后出书了，送人也别签名。"我笑笑，我可能做不到老张那么大俗大雅的。老张红着眼睛说："你别笑，真的。你签名，送书，哪天在旧书摊上看到你送人的书，你是不得无地自容？是不得恨送给书的人？伤自尊又恨人，两不得好啊！"

我忽的酒就醒了，老张这话说得简直就是真理啊！我忽然明白了老张为什么死活不签名的，也明白了老张原来不签名的理由并不是真心所想。老张一语惊醒梦中人啊！我紧紧抓住老张的手，对醉意浓浓的老张说："差点没伤了自己啊！太感谢了！"

第二辑　人生路上

后来，我也出了书，我送人的书像老张一样，从来不签名，绝不签名。

再见老张，已是几年后，我去了外地工作，回来探亲，老张请我去他家喝酒。老张因为小说写得好，已于两年前调到文联工作，而且官居文联副主席。两年的官职生涯让老张有了些变化，这变化我能感觉出来，却说不清。酒至半酣，老张起身从书柜里拿出一本书送给我说："新出的，送你。"我忙双手接过，回身找包，准备把书放进包里，免得一会儿酒喝多了忘记带回去。我的包里带着一本我新出的书，正好拿出来送给他。就在我拉开包时，老张突然说道："忘了，忘了，没给你签字呢。"我一下子怔住了，望着老张。老张从我手中快速扯回他的书，回身摸起一只签名笔，翻开书写上"请乔迁兄弟雅正"几个大字，落款老张。写毕，老张把书递给我，打了个酒嗝说："兄弟，你出书别忘了寄给我啊！"

我的书就在包里呢，手伸进去拽了好几下，终究还是没拽出来。因为我不知道，书拿出来，送给老张，我是签名还是不签名呢。

亮　相

新县长来了，必须得亮个相，这相怎么亮呢？多少双眼睛盯着呢，多少颗心期待着呢，新县长终于亮相了，亮了一个集体相。

朋友啊朋友

县长是从外地新调来的，县长到任已经一周了，县长还没在全县的干部群众面前亮个相呢。县长迟迟不亮相，普通群众不急，一般干部也不急，急的是各部门的领导，各部门领导都盼着县长亮个相呢，好根据县长的亮相揣摩一下县长，怎样工作才能赢得县长的好感和赞赏。

按常规，新县长到任，都要召集各部门开个会，听听各部门的情况汇报，即熟悉一下各部门工作情况，又认识认识各部门领导。可这个新县长不开会不说，且大多时间还不在办公室，人出去了，还不让秘书跟着，闹得人人心里都装了一个闷葫芦，不知道县长葫芦里卖的什么药。

县长不在办公室，具体去哪又不知道，这可急坏了各部门的领导，害怕县长来个微服私访，突然间就来到自己的部门看看工作怎么样，想抓一个倒霉鬼来亮亮相也说不定呢。谁愿意当那倒霉鬼？一时，各部门都如临大敌，工作作风眨眼间就有了很大的提高，上班从来没有过的认真，对待来访群众从来没有过的热情，各部门的形象在人民群众的心目中拾阶而上。

这天早晨，东方的天空刚刚现出一丝白来，县长就起床了。县长吩咐值班的秘书说，给各部门的领导打电话吧！县长吩咐完就出去了。

不一会儿，各部门的领导都睡眼惺忪地跑出了家门。各部门领导汇集到中心大街时，天色已微亮了，他们看到新县长正夹杂在环卫工人中间默默地清扫着街道。各部门领导先是惊愕，后慌忙地从环卫工人手中夺过扫帚，跟随在县长身后扫起了大街。

第二辑　人生路上

红彤彤的晨阳缓缓地在东方露出了脸，映照在一群特殊的清扫大街的人身上。晨练的人们看到了一幅让人难以相信的画面，平常出门坐小车吃饭有宴请的各部门领导们，正挥舞着扫帚清扫本该环卫工人们清扫的大街。晨练的人走过他们身边，看到了他们慌乱的目光，涨红的脸庞，还有沉重的气喘声。

各部门的领导真是脸红心慌啊！他们什么时候做过这种活呢？而且还是在大庭广众的注视下，他们的脸面都丢尽了。可是，县长呢？他们把目光偷偷地投向县长，县长正有力地不慌不忙地清扫着街道，县长的脸上没有一丝一毫的羞愧和慌乱，他的额头沁满了细密的汗珠，在晨阳的照耀下闪亮着。

慢慢地，各部门领导的脸上也归于平静了，晃动着不经常劳动的身躯，努力地清扫着街道。他们明白了，县长以身示范，是让他们明白，他们这些人不是老百姓的父母官，而是老百姓的服务员呀，为人民服务，为老百姓服务，服好务，让老百姓满意，才是他们最应该做的。

县长亮相了，县长带领各部门领导在老百姓的面前亮了一个集体相。

第三辑　乡野风轻

　　快速发展的城市，让乡村迷茫了，甚至担忧有一天会不复存在。有多少人生活在城里，心在田野呢？很多吧！越来越多的城里人利用闲暇时间奔赴乡村，去呼吸新鲜空气，去看大把大把的绿，用眼睛和身心去感受自然的美好，可是，许多美好的自然都消失了，留给我们的只是那遥远的乡村记忆。

老青王

　　村里的树木归老青王看管，嫩绿的榆树钱是我们这群孩伢崽子的美食，当我们被老青王堵在树上时，害怕已经成了现在最美好的回忆。

　　村头的大榆树很高大，每年春天的时候，高大的榆树便挂满了一串串的榆树钱。嫩绿的榆树钱是我们这群孩伢崽子的美食，每到榆树钱可以吃的时候，我们便爬

第三辑　乡野风轻

上粗壮的树干，攀上弯曲的树枝，把一串串嫩绿的榆树钱撸下来，塞进嘴里，嚼得满嘴泛绿散发着通透鼻腔的清甜，吃得心满意足。

榆树又高又大，不是每个孩伢崽子都有能力攀爬的，刘三明便爬不上去。刘三明爬不上树不是因为不会爬，是因为胆小，他试过，爬不过一米，便脸色煞白的滑了下来，说什么也不爬了。我们便笑话他怂包一个。我们长大以后，才明白刘三明那是典型的恐高症，不过，在乡村，在那个连电视都没有的年代，谁知道恐高症是什么啊？听都没听说过。刘三明爬不上树，便在树下给我们把风，看谁？自然是老青王。

村里的树木归老青王看管，也不光是树木，还有庄稼。那时候动物多，祸害庄稼比较厉害，白天还好些，阳光明晃晃的动物也知道避讳些，到了晚间便有些肆无忌惮了，庄稼还是青苗呢，就开始撕咬了。老青王胆大，村里便让老青王负责看护，也叫看青，老青王姓王，久而久之，便叫开了老青王。老青王是山东过来的，落脚于此，村里让他看青，给他口粮，让他生活。老青王看青很敬业，天一黑，便穿上大棉袄去了田地。他的大棉袄是冬天穿的，可夏天他也拿着，这让人很不理解，夏天的夜晚再冷，也用不着穿棉袄啊！我们几个孩伢崽子多次商量要夜晚去打探一下老青王是否穿着棉袄的，可一到夜晚，黑咕隆咚的外面让我们立刻便打消了去田间旷野的念头。

我们这群孩伢崽子都怕老青王，是从心底里怕，从骨子里怕，要不也不能每次上树吃榆树钱都让刘三明把风的。那时，哪家孩子哭闹了，管不了，大人只要吼一

朋友啊朋友

句：再闹，让老青王把你带走！哭闹的孩子立马消停了。老青王为何有如此的威慑力？其实不仅仅是孩子们惧怕老青王，大人们也有些怕，只不过他们善于伪装，装作不怕罢了。我不止一次听大人们相互间说到老青王：这个人……鬼都不怕呀！鬼谁不怕呀？尤其是我们这群孩伢崽子，真见了鬼还不得吓死。可鬼怕老青王，我们能不怕老青王吗！那时的乡村，绝大多数人不说完全相信有鬼，也是半信的，而且，在所有人的内心深处，鬼怪都是在夜晚才出来的。

我们让刘三明把风，是要给刘三明往下带榆树钱的。这也是老青王要抓我们的缘由，我们在树上吃够了，就挑挂满榆树钱的枝条折断了，给刘三明带下去，好让刘三明吃。我们在树上怎么吃老青王都不管，他管的是不让我们折树枝，可不折树枝，刘三明吃什么呀？

说来也怪，老青王每次出现的时候，都是我们在树上吃得差不多的时候，披着或拎着棉袄的老青王一出现，刘三明立刻尖叫一声："老青王来了！"话音未落，他已蹿出好几米远去了。树上的我们立刻猴子般的从树上纷纷滑下来，四散逃窜。老青王如此的现身，十次有八次致使刘三明吃不到榆树钱，这让刘三明很生气，有一天他站在树下，仰望我们在树上吃得喜笑颜开得意忘形，心中十分痛恨，既痛恨自己不能上树，又痛恨我们能上树。这时，老青王从远处来了，他看到了，没有喊叫而是悄无声息地跑了。结果，我们便像一群惊呆了的猴子挂在树枝上，惊恐地望着树下的老青王。谁也没想到，树下的老青王竟然没有抬头看我们一眼，而是低头捡起一根不知谁弄掉了的嫩枝，把上面稀稀点点的榆树钱摘下来，扔进嘴里，嚼着向前走去。

老青王的身影不见了，我们还在树上呆若木鸡。后来，我们悄悄地、小心翼翼地滑下树来，生怕再弄坏一根细小的枝条。我们回到家，跟父母说这件事，父母先是惊讶，后是吼我们："咋没摔死你们呢？"我们都打了个激灵，可不，如果老青王在树下喊我们，哪怕是抬头看我们一眼，说不定我们就惊掉下来，即使摔不死，也会半死的。

可是，连鬼都不怕的老青王像是根本就不知道我们在树上似的。

最后说一句，整个夏天，看青的老青王带着的大棉袄，不是他穿着，而是用一根木棍支在地头，像一个人的样子，在夜色中守候着田地。

镜　水

挑水是个力气活，是男人家的事，水莲男人死了后，来福给水莲挑水，水挑到家，人却从来没有进到门里去。那一桶桶清澈的水，像镜子一样照亮人世间那种默默的美好。

水莲的男人出车祸死了。

出殡那天，水莲哭得泪人似的。村人却不同情，私下说：水莲巴不得男人死呢。来福也来帮忙，村人说这话时他脸红红的，像是做了什么见不得人的事。村人见

朋友啊朋友

了，就嬉笑来福说：来福，便宜你了，水莲的家底厚着呢。来福的脸就涨紫了，突然伸手搋了村人一耳光，村人捂着脸呸了一口：得了便宜卖乖，有能耐你别进水莲的门。

水莲与来福打小就好，长大后也好。村人都说水莲和来福是天生的一对。可前年偏偏水莲的爹得了不好的病，没钱治，水莲急得不行，就去找来福，来福家也穷，出去跑了一圈也没借到钱，人家都怕来福还不上，来福急得直跺脚。水莲是个孝女，水莲流着泪对来福说：咱没夫妻的缘分哪，我不能看着俺爹等死呀！水莲就擦了泪水，走进了做了水莲男人的家门。那男人家殷实着呢，早托人要娶水莲，水莲一直不同意。

水莲那天从来福家一走，来福就感觉天塌了下来，一缕阳光也没有了，来福的日子过得浑浑噩噩的。现在水莲的男人死了，一轮红日从来福的头上又露了出来。可一想村人的话，那红日又黯淡了。

来福还是来了，水莲家的大门紧闭着。来福望着紧闭的大门，出了一会儿神，就走了。第二天来福又来了，是挑着一担水来的，来福把水放在紧闭的大门口，伸手去敲门，手快触着门时又缩了回来，站了一会儿，不声不响地走了。村里人吃水费劲儿，还用着村中间那口大水井呢。挑水是个力气活，是男人家的事，水莲男人死了后，有人看见水莲去挑水，一担水到家，洒了大半。

次日，来福又挑了一担水来，水莲家的大门还是紧闭着，可来福昨天放在门口的那担水没了，只剩下两只空水桶。来福脸上就幸福地笑了一下，把挑来的水放下，挑起空桶走了。

日子一天天地过着，水莲家的大门依旧紧闭着。来福每天都是挑着一担水来,然后挑着两只空桶去。村人笑来福:水莲连门都不开,你还天天挑的什么水啊。来福不理村人的话,脸上幸福的微笑着,来去的脚步稳健有力。

这天,来福挑着一担水,远远地就望见水莲家的大门打开了,来福幸福的笑脸一下子灿烂如一朵盛开的花,他飞快地奔过去,因激动身体有些摇晃,桶里的水都晃出来了。到了门口,来福却猛然站住了,他从开着的大门向里望了一眼,默默地放下担子,挑起空桶走了。

村人早看着呢,望着来福远去的背影,不免大失所望,恨恨地骂道:来福这个憨头,不就盼着这一天呢吗,这门都开了咋还不进去了呢。这水不是白挑了吗。

我从城里回来,村人跟我说起此事,说来福现在依旧每天给水莲挑水,水莲的家门始终开着,可来福却始终没进去,这是咋回事呢?我走出家门,从水莲的家门而过,果真看见门口有两桶水,桶里的水清清的,在阳光的照耀下清澈地闪动着,明亮得可以做镜子,可我不知道,这可以做镜子的清水,来福挑来时是否感觉沉重,水莲喝的时候是苦涩还是甘甜。

飞翔的摩托

少年像风,风有多快,少年王小二的摩托车便有多快。当摩托车像风一样飞起来的时候,人生的飞翔能有多坏呢。

朋友啊朋友

摩托车究竟能够跑得有多快？

看过鹌鹑飞翔吗？

这两句话都是王小二说的，是自问。接下来王小二便开始自答了。王小二目视远方，自答摩托车究竟能够跑得有多快，他自答的时候，好像摩托车已经跑出去了很远，他的目光要一直追随着远去的摩托车，害怕一不留神或是眨眼时摩托车便失去了踪影。摩托车跑起来真叫一个快！像风一样。这便是王小二对第一个自问的自答。这样的自答一点都不新鲜，不过对于自答的王小二来说是新鲜的，而且是很有创意的，因为王小二还是个青春少年。少年像风，王小二便像风，风有多快，王小二的摩托车便有多快。

鹌鹑是乡间特有的。当然，城里也有，不过城里的鹌鹑会不会飞翔都是个问题。乡间的鹌鹑绝对是会飞翔的。王小二一直生活在乡间，飞翔的鹌鹑在王小二的眼里绝对不是陌生的。谁能想到，像个球似的秃尾巴的鹌鹑扑棱着飞起来时，竟然像个炮弹一样飞射出去。这是王小二对于鹌鹑飞翔的自答。王小二这话自答得让人吃惊，他竟然会把鹌鹑飞翔形容成炮弹飞射，他何时看到过炮弹飞射呀？应该是电视里吧！即使是电视里见过，他也不可能看得清炮弹是如何飞射的呀！王小二的想象力还真让人不得不佩服。

可是，鹌鹑像炮弹一样飞射的飞翔跟摩托车有什么关系呢？

有，还真有关系。王小二驾驶着摩托车追鹌鹑。王小二的摩托车在草甸子上像飞翔的鹌鹑一样，而且，摩托车的飞翔赢了鹌鹑的飞翔。这怎么可能呢？还真就能

第三辑　乡野风轻

了，王小二不止一次驾驶着摩托车飞翔在草甸子上，也不止一次把窝在草稞里的鹌鹑惊起，然后追逐，然后超越。只不过超越的时候，飞翔的鹌鹑已经力竭落地，他可以轻而易举地把只剩下点点气力的鹌鹑抓住。王小二不伤害它，只是批评它，指着鹌鹑的小脑袋说："瞧你飞这两下子，一出一猛还真像那么回事，可飞不了二里地就趴下了，我才刚起飞，跟你怎么玩啊！"

没得玩就不玩。王小二吐了一口唾沫，斜垮在摩托车上，很是张扬地面对着几个要好的玩伴。这是在乡村的一条水泥路上。水泥路很窄，因为没有几辆车通过，所以路很窄。这条水泥路，是王小二摩托车飞翔的跑道。

一辆货车呼啸而来。王小二和玩伴们都有些兴奋，这种呼啸的大货车很少在这条乡间路上出现。货车呼的从他们的身边冲过，一股强劲儿的风刮得他们摇摇晃晃，有玩伴高叫一声："真酷！"王小二嗤鼻："像个鹌鹑。"玩伴望着王小二："咋像个鹌鹑？"王小二劈腿跨上摩托车，豪气地叫了一声："谁上来，看我怎么飞过它。"一个玩伴立刻跳上摩托车。王小二启动摩托车，嗖地便飞了出去。

王小二的摩托车的确很快，眼瞅着就要飞越过了大货车，却没想到大货车突然颠了一下，车上载着的一根钢筋刷地伸了出来，王小二眼急头快，一低头飞越过去。超越大货车百十米后，王小二得意地对玩伴说了一句："咋样，它飞不过我吧！"玩伴两手紧紧地抱着他的腰，却不应声，王小二一回头：玩伴的脑袋没了，已被他低头躲过的钢筋生生地削掉了，只剩下身子还紧紧地贴抱着他。

王小二的摩托车瞬间飞向了路边的深沟。

朋友啊朋友

这绝对是一次真正的飞翔,王小二在飞翔的摩托车上看到了自己和摩托车合二为一飞翔的身影,这是他以往从来没有看到过的。

跑马打兔子

远方的荒草甸子上,丁大棒子骑着马走来了,他挥舞着手中的木棒子,把蹿起来的兔子迎头击落。丁大棒子跑马打兔子的功夫,让多少人眼红得热血沸腾啊。

我小的时候爷爷常带我去套兔子。

那时的兔子,自然是野兔,因为有荒草甸子,有矮树丛,而且很茂盛,总之一句话,有野兔生存的环境。而今,野兔已是难见了,荒草甸子也所剩无几,矮树丛近乎消失殆尽,这些野兔赖以生存的场所都不在了,野兔还如何存在呢?

我小时候的野兔,似乎很傻,爷爷用一根软钢丝,做成一个活扣,在矮树丛中下好,一两天内便准能套住野兔。我跟在爷爷身后,去下套子,去取套住的兔子,我很快乐,认为爷爷能耐很大,很了不起。却没想到,一次去套兔子,爷爷竟然一声长叹,无比钦佩地说了一句:"打兔子,还得丁大棒子啊!"

我说:"丁大棒子是谁?打兔子比你还厉害?"

爷爷一笑:"不是厉害,是老厉害了!套兔子他都不稀罕弄的,下套太容易了,动物都有自己习惯的道儿,

第三辑　乡野风轻

只要找准兔道，在兔子必经的道上下套，一准能套住的。"

我的好奇心起来了，追问爷爷："丁大棒子究竟谁呀？他打兔子不下套怎么打呀？"

爷爷目视前方，秋末的气息在草甸子上缓缓飘荡着，爷爷深吸了一口："这个人了不得啊，跑马打兔子……"

在爷爷的讲述中，我看见远方的荒草甸子上，丁大棒子骑着马走来了。

丁大棒子家境甚好，如果不好，也不可能每天骑着马去打兔子。打兔子毕竟是闲暇之余的一项口食娱乐活动，丁大棒子却把这项活动作为日常生活。其实，他并不是天天都打兔子，不打兔子也骑着马东跑西颠的，打兔子只是人们强加于他的，笑他不着调。丁大棒子是他的绰号，他本名叫丁俊发，长得高大英俊，仪表堂堂，之所以有了丁大棒子的绰号，是因为他的马鞍子前面总挂着一根大棒子，按照爷爷的描述，他的这根大棒子应该是打棒球的那个形状，柞木的，硬而结实。这样的一根大棒，握在他的手里，挥舞起来得心应手。丁大棒子就是用这根木棒，棒杀了数不清的野兔。

只要丁大棒子想吃野兔了，他便会拿起大棒子飞身上马，去草甸子打上一只两只。爷爷是见过丁大棒子打野兔的，否则爷爷也不能对他跑马打兔子的能耐那么钦佩。丁大棒子骑着马来到草甸子，先辨风向，调整马头，顺风而行，顶风刺眼睛，当然，也要闪避一下阳光直射，风和阳光都会让眼睛不能及时地看清兔子。找好了风向和光线，再把马眼蒙上。为何要蒙马眼？害怕突然冲起的野兔惊了马，马受惊是难以驾驭的，马看不见，自然不会受惊，左手拽着马缰绳，左右摇摆，前后缓急，马

朋友啊朋友

便知左右奔转,前进后停了。蒙好了马眼,丁大棒子把棒子抓在右手,握紧,两腿一敲马肚子,马缰绳一松,马立刻飞跑起来。很快,飞跑的马便会把草棵里的兔子惊起,惊起的兔子往往是猛地往上一蹿,然后再跳跃而行。就在惊兔猛地往上一蹿,丁大棒子出手了,那叫一个眼疾手快,身子往前一倾,棒子已然划了一道迅疾的弧线,把蹿起来的兔子迎头击落在地。丁大棒子跑马打兔子的功夫,让多少人眼红得热血沸腾啊。

爷爷的讲述听得我热血沸腾,恨不得也骑上一匹快马挥舞着大棒子奔跑在草甸子上。"后来呢?这个人呢?"我追问爷爷。

爷爷的目光从远处收了回来,淡淡地说了一句:"死了,摔死了。"

"摔死了?"我有些吃惊。

"跑马打兔子摔死了!马腿插兔洞里了,别折了,把他摔下来,就死了。"

"摔下来就死了?"我不大相信。

"可不,摔下来就死了。不过,也该死了,快八十岁了,还跑马打兔子……"爷爷的嘴角突然抽笑了一下。

四　狗

据说,老辈人猎狐,一枪不中,此狐为妖。二枪不中,此狐成仙,不猎而避。四狗不信,猎了,等待他的将是怎样的命运呢。

第三辑 乡野风轻

狐狸与犬同族，身体细长，脸面狭窄，大尾长而多毛。毛皮紧密细长，质地极好，是理想的保暖毛皮。

据说，老辈人猎狐，一枪不中，此狐为妖。二枪不中，此狐成仙，不猎而避。

四狗趁那老狐外出觅食的时候，掏了老狐的窝，得了四只小狐。背回去关在笼子里养，想喂大了再卖个好钱。

四狗得了小狐的当晚，睡至夜半，被一阵如婴儿般的啼哭声惊醒。哭声从院子里传进来。四狗忙爬起来从窗户往外看，就看见亮亮的月色中那老狐像狗一样的蹲坐在院中，垂着头嘤嘤地哭，凄凄的。看屋里的四狗瞧它，竟不住地点头，像人磕头作揖模样。四狗心硬，不为所动，反觉好笑，竟自大睡。

一连三晚，那老狐都在院中哭，看四狗瞧它，就不住地冲四狗点头。四狗连瞧三晚，笑过，自顾睡去。四日晚，老狐哭声停了，一片寂静。四狗认为老狐求子不成，心灰意冷走了。

次日早晨，四狗推开屋门惊呆了，院子里一溜摆着五只被咬死的母鸡——是四狗家里鸡的一半。四狗明白是那老狐所为，气得浑身发抖，去东村老猎人福爷家借了猎枪来。挨到天黑，四狗便抱着猎枪趴在窗口，不眨眼地盯着院子。

半夜时，那老狐顶着月色来了。没等四狗蹿出门去，那老狐已在瞬间把剩下的鸡咬死，在院中摆了一溜。老狐蹲在死鸡的后面，望着出来的四狗，尖尖的窄脸在月光下微微颤动，似笑。

四狗端枪与老狐面对着。老狐的笑恼了四狗，四狗

朋友啊朋友

就恶狠狠地骂：找死！用枪去瞄那老狐的眼睛。

那老狐望着黑洞洞的枪口并不躲闪，尖脸上的笑意更浓了，似乎可以听到从它胸腔里发出的笑声。

四狗大恼，端枪就打。那老狐突然就"嘎"的一声冷笑，说：瞎了你的眼，还要打我。

四狗一愣，惊诧这狐咋开口说话了呢？手一抖，就搂了火。"轰"的一声响，枪管炸裂，崩瞎了四狗的双眼。

福爷说，他的猎枪使一辈子了，使住了，不可能炸膛的。但枪就炸了膛，福爷也说不清楚。

瞎了眼的四狗却用手指戳戳心口，幽幽地说：是我们这缺了一点东西啊！

村人都不解。

棒打熊

黑瞎子皮糙肉厚，即使是枪，打它也十分困难，可偏偏就有人敢用棒子跟黑瞎子较量，这个人就是周英子。

早些年的东北，因山林树木众多，便孕育了众多的飞禽走兽，说起走兽，素有"一熊二猪三虎"之说，可见熊是比老虎野猪还要厉害的。东北的熊是黑熊，因眼睛小，俗称黑瞎子。这黑瞎子皮糙肉厚，即使是枪，打它也十分困难。可偏偏就有人敢用棒子跟黑瞎子较量，这事还真不是瞎编的，今个儿咱就跟你说说这个儿事。

第三辑　乡野风轻

大兴安岭往南百公里有一条河叫讷谟尔河，讷谟尔河岸边有一个几十户人家的村庄，其中一户人家的女主人叫周英子，这周英子是山东人，当年跟父母逃荒至此，在此落户成家。周英子长得比较壮实，干了一天农活，也不腰酸腿疼的，还端着一大盆衣服去河边洗。这天在河边正洗衣服呢，忽听身后有呼哧呼哧的声音，周英子也没回头，村里的女人都到河边来洗衣服，还以为是哪家女人端着沉甸甸的一堆衣服来了呢！可呼哧声在她身后突然停住了，没动静了，周英子以为谁要和她闹笑话呢，猛一回头，周英子一下子惊呆了，一个黑乎乎一人来高的大家伙站在她身后，小眼睛睁得圆圆的正好奇地看着她呢！

周英子虽然没见过黑瞎子，但没少听村里老人讲，猛然意识到站在自己身后的这个大家伙就是黑瞎子了，吓得一屁股坐在了地上，半拉屁股都坐进了水里。

周英子一屁股坐下去，倒把好奇看着她的黑瞎子惊了一下，冲着周英子张嘴叫了一声。周英子吓坏了，以为黑瞎子要咬她呢，手里正好握着洗衣棒的，情急之下，照着黑瞎子就是一棒子。这一棒子结结实实地打在黑瞎子身上，一下把黑瞎子打怒了，向着周英子就扑过来。

周英子慌忙打了个滚儿，躲开了，躲开时，左手顺手把从家里带来的大水瓢抓了起来。这大水瓢是带来舀鱼的，河里有的都是鱼，手抓打滑，用水瓢舀，往岸上甩，十分有效，村里人都这么抓鱼。

黑瞎子一扑没扑着，转身又向周英子扑来。周英子跳起来，一弯腰，手里的大水瓢就舀上了一瓢泥水，向着扑过来的黑瞎子兜头就扣了过去，唰地一下，一瓢泥

朋友啊朋友

水"啪"地胡在了黑瞎子的脸上，顿时就把黑瞎子糊成了真瞎子。黑瞎子连忙用前掌胡噜脸上的泥水，周英子这时抡起手里的洗衣棒，照着黑瞎子的脑袋咣咣就是两下子，把黑瞎子打得直捂头。

黑瞎子更加恼怒了，把脸上的泥水胡噜掉，眼睛一能看到，就又朝周英子扑来。周英子一弯腰，大水瓢又舀上了一瓢泥水，唰地又胡在了扑过来的黑瞎子脸上，把黑瞎子的眼睛又糊上了，在黑瞎子胡噜脸时，周英子照着黑瞎子的脑袋咣咣又是两下子，打得黑瞎子又直抱脑袋。

就这样，黑瞎子一次次扑向周英子，一次次被周英子瓢舀泥水糊住了眼睛，脑袋挨棒子。黑瞎子又气又痛，最后望着周英子晃了晃脑袋，悻悻而去了。

周英子丈夫和村里人跑来时，只看到了黑瞎子悻悻而去的背影。周英子泥塑般地在河边矗立着，一动不动。丈夫连忙奔向周英子，快到周英子面前时，周英子突然一弯腰舀上了一瓢泥水，呼地一下子胡在了丈夫的脸上，随后抡起洗衣棒照着丈夫的脑袋就下来了，要不是紧跟其后的村人手疾眼快把她丈夫推开，脑袋指定开瓢了。

周英子的丈夫把脸上的泥水抹掉，惊魂未定地冲着周英子大喊一声：是我！黑瞎子走了！周英子打了个哆嗦，手里的洗衣棒和水瓢松开了，一下子瘫坐在了地上，抱住扑过来的丈夫没命似的哭号起来。

📌 第三辑　乡野风轻

韩四爷

　　韩四爷想放了两个抗联战士，却又不得不把他们送给日本鬼子，韩四爷该何去何从。一声枪响，韩四爷倒在了地上。

　　土匪二阎王禁不住诱惑，率部投降了日本鬼子，被任命为我们这一带的保安队长，主要是与抗日联军对抗，阻止抗联与百姓接触，孤立抗联队伍，切断抗联队伍的粮食衣物补给。在任命二阎王同时，鬼子又强行并屯，指定韩家沟最有名望的韩四爷为屯长，并把韩四爷念过洋学的儿子韩少宝，带往县城鬼子大营当了翻译官。

　　这天夜里，抗联小分队在屯外的小狼山上，与二阎王展开了激战，炒豆般的枪声整整响了半宿才结束。天一放亮，便有消息传来，二阎王的人马全军覆没，但二阎王却不知死活下落不明。抗联小分队在天亮前不知去向。

　　韩四爷刚洗完脸，几个壮丁押着两个负伤的人进来。韩四爷一看两个人的装束，便知道是抗联战士，显然是昨晚与二阎王激战时受伤掉了队。一壮丁说："四爷，这两个人受了伤躲在柴草垛下，被我们发现了。"

　　韩四爷不高兴地训斥壮丁："胡闹，抓他们干什么？放了。"

　　壮丁一愣，忙说："四爷，鬼子说发现抗联不报告，要杀光全屯人的！"

朋友啊朋友

韩四爷瞧着两个抗联战士问道："你们是抗联吗？我看你们不像嘛！"韩四爷有心放过两个受伤的抗联战士。

两个受伤的抗联战士自然明白韩四爷的心意，但他们不忍让全屯百姓遭殃，一挺胸膛说："四爷，您的心意我们领了，我们就是抗联，您还是把我们押到县城吧，不能因为我们使全屯人遭殃啊！"

韩四爷眼睛潮润，望着两个抗联战士激动地说："我韩四也是个中国人呐。我怎么能把你们交给鬼子呢！"

"哈哈，好哇韩四，你想私放抗联。"门外突然一声冷笑，接着从跨进一个人来，正是不知死活的二阎王。二阎王一瘸一拐，显然腿受了伤，也不知道昨晚藏在哪里捡了一条命回来。一见二阎王，韩四爷倒吸了一口冷气，强装笑颜说道："我哪敢私放抗联呐，我一条命虽不打紧儿，全屯可是几百口子人呢。"

二阎王轻哼一声："知道就好。"走到两个抗联战士面前，凶恶地说道："你们把老子的人都收拾了，还打伤了老子一条腿，今天就拿你们来抵债。"说着拔出枪来。

"慢着！"韩四爷一声断喝，望着二阎王说道："这俩抗联是我们抓到的，你没权力杀。"

二阎王冷眼瞧着韩四爷："不杀他们，难道你想把他们放了，你不怕皇军要了你和全屯子人的命。"

韩四爷看看几个壮丁，壮丁们已经后悔把抗联战士带回来了，他们更恨二阎王。韩四爷刚要说话，从外面跑进来一个人，竟是韩少宝。韩少宝一身洋打扮，小背头抹得油亮，气喘吁吁进来，欣喜地叫道："爹，是抓

第三辑　乡野风轻

住了两个抗联吗？"

韩四爷一看儿子的模样，心里忽地一沉，望着儿子对抓住抗联的一脸兴奋样，心喊完了完了，这才多长时间啊，儿子就完全变成铁杆汉奸了。韩四爷厌恶地瞪了一眼韩少宝问道："你咋回来了？"

韩少宝望着两个抗联战士，一脸喜色地说道："昨晚这枪声响了半宿，皇军叫我回来看看，一进屯就听说抓了两个抗联。爹，皇军可说了，抓住一个抗联给二百大洋的。"

韩四爷看了眼二阎王说："王队长要杀了这俩人抵债呢。"

二阎王不怕韩四爷，却惧韩少宝，毕竟韩少宝整天在日本鬼子身边转。二阎王忙把枪收了起来，对韩少宝说："韩翻译官，我就是吓唬吓唬他们。不过，这两个抗联虽不是我抓住的，但也是我们打伤的，赏钱怎么着也得有我一份吧！"

韩少宝看二阎王对自己毕恭毕敬，心里很受用，就大度地说："好吧，等皇军给了赏钱有你一份。"

二阎王立刻笑着说："还望韩翻译官今后在皇军面前多多美言。正好我也要去向皇军汇报昨晚跟抗联血战之事，我跟您一块把这俩抗联押到县城去吧。"

韩少宝点头同意，对韩四爷说："爹，你安排两个可靠的人跟我们把这俩抗联押到县城去。"

韩四爷摇头说："别人我不放心，还是我同你们去吧。"说着，从壮丁手中把抗联战士的枪拿过来，说："走吧。"

刚走出大门，闻讯赶来的屯人黑压压地围了一层。

69

朋友啊朋友

看抗联战士被押出来,人们怒视着二阎王和韩少宝。几个老人颤声地说道:"韩四爷,真要把抗联交给日本鬼子呀?不能交啊!抗联可是为了咱们老百姓啊!"

二阎王拔出枪,虎视眈眈地望着围着的人群。韩少宝冲人群喊道:"咋了?要造反啊?不怕皇军杀头啊?"

围着的人们愤怒地直视他们。

韩四爷抱拳作揖道:"各位老少爷们,如果不把这两个人交到县城,咱全屯就要遭到灭顶之灾呀!我不能眼看着咱们几百口人被杀呀!请老少爷们让路吧!"两个抗联战士也言辞恳切地请人们让路。人们悲叹着,抹着眼泪闪开了路。

韩四爷二阎王和韩少宝押着两个抗联战士走出屯子不久,人们就听到通往县城的方向传来了几声枪响。可能是出事了,人们立刻向枪响的地方跑去。

人们在路边找到了韩四爷,还有死了的二阎王和韩少宝。韩四爷的一条腿被枪打断了,脸色苍白,痛苦地说道:"我们遭到了抗联的袭击,两个抗联被救走了。"

韩四爷的腿接上了,养好后就成了瘸子。

日本鬼子投降后,我们这进行了土改。因把受伤的抗联战士要交给鬼子的韩四爷被认定为汉奸抓了起来,土改工作队把韩四爷的罪行上报到县公安局,请求处决汉奸。公安局长看了材料后,立刻赶来了,在马棚里见到韩四爷后,公安局长热泪盈眶,一把握住韩四爷的手说:"韩四爷,我就是你当年放走的那个受伤的抗联战士啊!"望着公安局长,豆大的清泪从韩四爷的脸上滚落下来。

原来,韩四爷二阎王和韩少宝押解抗联战士走出屯子不远,韩四爷便把韩少宝拽到一旁小声规劝儿子放了两个抗联战士,没想到韩少宝铁了心为日本鬼子卖命,说什么也不同意,还对韩四爷说:"要不是看在你是我爹的份上,就凭你这话,我连你也交给皇军。"韩四爷痛心疾首,又走了一段路,悄悄地对韩少宝说:"这赏钱不能分给二阎王的,都应该是咱爷俩的。"

韩少宝原本也不想分钱给二阎王,但不给二阎王说不过去,毕竟两个抗联是被他打伤后才落到韩四爷手里的。韩四爷这么一说,韩少宝立刻眼睛一亮,低声问韩四爷:"我也不想给他,咋办?"

韩四爷咬牙说:"杀了他,跟日本人就说他昨天让抗联打死了。"

韩少宝一听,目露凶光,掏出手枪冲着毫无防备的二阎王背后就是两枪,二阎王哼了一声就真见阎王去了。就在二阎王被打倒的同时,又一声清脆的枪响,韩少宝捂着胸口惊疑地望着韩四爷,痛苦地叫了一声:"爹!"便一头栽倒在地不动了。

望着被自己打死的儿子,韩四爷禁不住泪水滚滚而下,悲咽地叫了一句:"儿呀,别怪爹心狠,怪就怪你忘了自己是个中国人!"说完,韩四爷迅速给两个抗联战士松了绑,让他们快走。为了使日本鬼子相信真是抗联打死了二阎王和韩少宝,救走了两个抗联战士,韩四爷毫不犹豫地朝自己的腿上开了枪。

见 鬼

罗大仙夜里见了鬼,并跟随小鬼去了一趟地府。张二虎知道了,想跟过世的老婆再见上一面,决定借机跟随罗大仙所说的小鬼去一趟地府,却没想到害死了小鬼。

前些年,我们村子的人都很纯朴,纯朴到什么程度呢?纯朴到相信鬼神之事。这不,听说罗大仙夜里见了鬼,并跟随小鬼去了一趟地府,领了阎王爷的旨意回来,老少爷们们便纷纷地来到罗大仙家中,想知道罗大仙领了阎王爷什么旨意。

大家把罗大仙的三间土房塞了个满满当当,一脸虔诚地望着盘腿坐在炕上的罗大仙,等罗大仙讲述遇见小鬼并去了一趟地府的事。看人来得差不多了,一直眯着眼的罗大仙一激灵,似乎刚从阴间回到阳间,睁开了眼睛,环视了一下说道:"昨晚半夜时分,我正睡得香,突然听到有个蚊子似的声音在我耳边响起:罗大仙,罗大仙,跟我走一趟。迷迷糊糊的就看到窗外站着一个披头散发脸色惨白吐着血红舌头的小鬼,我立刻被吓醒了,浑身汗毛都竖了起来,我也没干过伤天害理的事呀,这小鬼怎么找上我了呢!我正害怕呢,小鬼又说话了:罗大仙,你不用害怕,阎王爷让我来请你去一趟,有事情吩咐你办。我不想去啊!可我自己控制不了自己身体,站起来开开门就出去了。小鬼一蹦一跳的在前面走,我不由自主地跟着小鬼走。走着走着,就来到了一个宫殿

第三辑　乡野风轻

似的地方，门口还有小鬼站岗呢，人根本进不去，只有鬼能进去，领我去的小鬼让我在门口等着，小鬼进去了。不一会儿，小鬼出来，带出了阎王爷四句话的旨意：初一到初七，阎王要吃鸡，仙村众百姓，每户十只鸡。小鬼告诉我，从初一到初七，他每晚都会来给阎王爷拿鸡的，如果哪家不给阎王爷准备十只鸡，阎王爷就要惩罚哪家，人死后打入十八层地狱的。"

罗大仙讲完，全神贯注听罗大仙讲述的人们立刻神色紧张起来，纷纷把目光投向了罗大仙，不住地问："大仙，这鸡咱一定得拿的，可这初一到初七，谁家先拿谁家后拿呀？今天不就初一了吗？"

罗大仙说："我回来的时候小鬼告诉我说：夜半来拿鸡，村东到村西。每夜拿七户，每户门不出。意思就说从村东头开始拿，每天晚间拿七家的鸡，咱村这不正好四十九户人家吗。但要记住，小鬼拿鸡的时候人千万不能出屋，小鬼自己会去鸡窝里拿的。"

大家就面露喜色不住点头说："知道了，知道了，不出屋，我们可不想跟小鬼去见阎王爷。"

说者无心，听者有意。没想到这句话让张二虎听进耳朵记在了心里，走出大仙的房门，张二虎眼珠一转，心说："机会来了，我得争取跟我老婆再见上一面。"

轮到小鬼到张二虎家拿鸡是第三天，前两天晚上小鬼真的来拿走了鸡，并且每户都是不多不少十只鸡，被拿走了鸡的人家都挺高兴，阎王爷能吃咱几只鸡那是看得起咱，日后到了阴间，阎王爷还不得高看咱一眼，都恨不得小鬼多拿几只呢！可小鬼只拿十只，看来阎王爷也是讲信用的啊！第三天半夜，星光闪闪，一个一蹦一

朋友啊朋友

跳的黑影来到了张二虎家的院子，借着星光可以看出来正是罗大仙所说的那个小鬼，披头散发脸色惨白吐着血红的舌头。小鬼来到张二虎家院子后，往屋里看了看，漆黑的屋里静悄悄的毫无动静。小鬼转身一蹦一跳地朝鸡窝来了。小鬼蹦跳到鸡窝前，麻利地揭开鸡窝盖，伸手从鸡窝里掏出一只鸡就塞进了随身带着的袋子里，一连掏了十只后，盖上鸡窝盖，背起袋子就走。

突然，从墙角的黑暗里跳出个一模一样的小鬼来，只见这小鬼三蹦两跳地就蹿到了背着鸡的小鬼前，张口叫道："老兄，求你带我走一趟吧，我想看一眼我的老婆。"

这小鬼话还没说完，只见背着鸡的小鬼"啊"的一声，猛然后仰直挺挺倒在了地上。说话的小鬼闹懵了，连忙去扶倒地的小鬼，一扶，挺沉的，说话的小鬼心里嘀咕：都说鬼飘轻的，这小鬼怎么这么沉呢。使劲一拽，小鬼被拽坐起来了，头上的散发掉了，血红的舌头也掉了，假的！说话的小鬼忙抹了一把倒地小鬼的脸，这不是罗大仙吗！说话小鬼忙摇晃罗大仙："醒醒，醒醒，我张二虎啊！"可怎么摇晃罗大仙也不醒，用手一探罗大仙的鼻息，哪里还有气呀！张二虎立刻没命地喊叫起来："快来人呢——我把鬼吓死了啊！"

原来，前不久罗大仙去了一趟县城，在一个饭馆听说城里人特别喜欢吃农村鸡，价钱好，立刻想到自己村里的鸡，本想回村收购再卖到城里，但觉得那样做辛苦不说，挣钱也少，于是，左思右想就想了个自己被小鬼招去阴间阎王爷要吃鸡的故事。罗大仙自己装作小鬼夜晚到各家各户抓鸡，然后连夜送到县城饭馆。可没想

第三辑 乡野风轻

到，罗大仙见鬼一说，深信不疑的张二虎动了一个心思，他想跟来拿鸡的小鬼去阴间看一眼自己死去的老婆。又听罗大仙说人根本进不去，就寻思着按照罗大仙所说小鬼的样子，化装成小鬼，想等小鬼来自家拿鸡时，求小鬼把化成鬼样子的自己带进阴间见见老婆，可没想到的是，化装成鬼的张二虎猛然出现在装成小鬼来背鸡的罗大仙面前时，罗大仙竟然被突然出现在眼前的鬼一下给吓死了。

翻花舌头

刘三婆的嘴里，有一只特别灵巧的舌头，说起话来上下翻飞，天花乱坠，村里人都说刘三婆的舌头是翻花舌头。

刘三婆是我们村子的媒婆，特有名气，不光是我们村子娶妻嫁女找她，方圆几十里的村子都找她，只要是刘三婆出面保媒，还没有说不成的亲事。

早些年的乡村，婚姻大事，除了爹娘做主，还得靠说亲。当然，说亲的不做主，做的是牵线搭桥。刘三婆牵线搭桥做得最好，几乎是牵线一对成一对，搭桥一家成一家。刘三婆因何有这样的能力，靠的就是她的一张嘴。刘三婆的嘴里，有一只特别灵巧的舌头，说起话来上下翻飞，天花乱坠，村里人都说刘三婆的舌头是翻花舌头。时间久了，一说起刘三婆，都叫翻花舌头，或刘

朋友啊朋友

翻花舌头。谁家想儿子娶媳妇了，姑娘找女婿了，都会说："得找一下翻花舌头了啊！"

老于家二小子到了娶亲的年纪，可我们村的姑娘没有想嫁给他的，主要是姑娘的爹娘没有想把姑娘嫁给他的。为啥？因为这于二小子孬货一个，属于干啥啥不行吃啥啥不剩的主。于二小子的爹妈就拎着一份厚礼来找刘三婆。看见礼物，刘三婆就知道于二小子的爹妈干啥来了，立马说道："老哥老嫂，您的礼可别放下，一个屯子住着，这不是打我的脸吗！二小子是你们儿子，你们比我清楚这孩子，还真是让我为难。"

于二小子爹妈赶紧把礼放在炕上，而且不容分说地推到炕里面。刘三婆要上炕往下拿，被于二小子妈死死拽住了："他姑啊，还要我们两口子给你磕一个呀！二小子的亲事也就你能给说成，你能看着你侄儿打一辈子光棍呀！"

刘三婆不上炕往下拿礼物了，其实要上炕往下拿礼物也就是做做样子，让于二小子爹妈知道给于二小子说亲的难度，她刘三婆要下的气力得有多大，记得人情有多大。刘三婆哀叹一声说："可不，二小子是我看着长大的，这孩子就是熊了点，也是个老实孩子的，我哪忍心看着他打一辈子光棍呀！不过，咱们屯子是不好找了，我去别的屯子给他说说看吧！说着了，你们别谢我，说不着，你们也别恨我。"

于二小子爹妈感恩戴德地说道："只要你出面哪还有说不成的亲事啊！亲事成了，让二小子给你拿份大礼。"

刘三婆一挥手："回去等信吧！一两天就给你们信。"

> 第三辑　乡野风轻

于二小子爹妈连忙起身，一再感谢后，出了刘三婆家。老两口半信半疑，这翻花舌头说一两天就给信，能这么快？这打听哪有合适的也得段日子吧，好像有现成的在那摆着似的。

还真就这么快！于二小子爹妈一走，刘三婆立马关了大门，进屋在被垛底下掏出一个小本子，开始翻找合适对象。其实，刘三婆这些年走东屯蹿西屯的，早把各家的小伙儿姑娘情况都记下了。很快，就圈定了十里南屯的一个姑娘，年龄跟于二小子正好，也合适，不过，得让两家老人都挑不出毛病来。

两天后的傍晚，刘三婆告诉于二小子爹妈，明个儿你们带着二小子到我家和女方见面。于二小子爹妈就傻了一般，还真是一个快，惊喜地叫道："真的，这么快就找着了。"

刘三婆敲着腿说："累死我了，腿都快跑断了，总算找到一个合适的。这姑娘跟二小子一般大，但身板要比二小子还壮实，也比二小子高一点。"

于二小子爹妈立刻揪心道："比二小子还高还壮啊……"

刘三婆知道于二小子爹妈不想找比二小子又高又壮的媳妇，怕二小子受欺负，立刻舌头一翻，说："比二小子又高又壮，这是二小子的福分，就二小子的那身板，分家过日子，谁干活？不找个能干活的媳妇，等着饿死呀！"

于二小子爹妈立刻醍醐灌顶一般，对呀，就二小子干啥啥不行的孬样，还真得找一个能干活的媳妇。立马喜笑颜开地说道："可不，正合适，正合适。"

朋友啊朋友

刘三婆又说:"这姑娘干活那是没得说的,就是心眼子比较实,姑娘爹妈怕姑娘受欺负,就想找一个老实巴交的女婿,二小子……"

于二小子爹妈忙说:"二小子就老实嘛,熊也是老实,是不,他姑?"

刘三婆就笑了,说:"也是,熊孩子都是老实孩子。明个见面,让二小子给姑娘爹妈点个烟倒个水的,有点眼见,也不是什么难活重活。"

于二小子爹妈立马保证道:"他姑放心,我们一会儿就让他练,保准不能让人说他姑糊弄人。"

刘三婆满意的笑笑,走了。

第二天相亲见面,按部就班,于二小子表现得很好,姑娘的爹妈看得直点头。姑娘虽然长得比二小子又高又壮,但不难看,稳稳当当地坐在那里,不多言不多语的。于二小子爹妈也比较满意。

看两家老人都露出满意的神色,刘三婆说:"如果看着都相中,就定了吧!"

两家老人就忙说道:"定了吧,定了吧。相中,相中。"

刘三婆说:"那就定了,把喜日子和彩礼都定了,早点把婚事办了,两个孩子也都老大不小了。"

于二小子的婚事很热闹,刘三婆自然得参加,坐在头桌,吃得正嘴上流油呢,于二小子的爹妈把她拽进了婚房里,婚房里没别人,只有新娘和于二小子。于二小子一脸哭相地望着躺在地上的新娘。新娘一脸醉态,显然是喝醉了。于二小子说:"她趁人不注意,拿了一瓶酒就喝了。姑啊,你不说她就是实心眼吗,这不是缺心眼吗!"

78

第三辑 乡野风轻

刘三婆抹了一下嘴上的油，翻动着有些发硬的舌头说："她缺心眼你缺不？"

于二小子摇摇头。

刘三婆说："那不就得了。她缺心眼但不缺身板，你不缺心眼但缺身板，上哪找你们这么合适的一对呀！"

于二小子和爹妈张了半天嘴，也没有说出一句话来。

第四辑　世相万千

　　大千世界芸芸众生，每个人都有一张自己的脸孔，也有多张面对他人的脸孔，这就是现实的世相。把笔触伸向现实生活，大胆地揭露和批判、讥讽和嘲笑现实世相，是需要勇气的，因为，我们讥讽和批判的对象就在我们身边。诚然，世相也并不都是批判，也有赞美，只是我们不善于发现，这是我们该努力的。

管　闲

　　现在谁还乐意管闲事呢？张明旺啊！张明旺是个爱管闲事的人。张管闲管闲事得罪了人，还差点把命搭上，为了什么呢？家长们异口同声深情的那句："张管闲，我们接你回去管闲呢！"说明了一切。

　　张明旺是乡里的计生办主任。

第四辑 世相万千

乡里的计生工作现今是最清闲的，农村也不像早些年争着抢着要儿子要孙子了，因此张明旺就很轻松。许多人羡慕张明旺，可张明旺不高兴，反倒有些惆怅，为什么？因为张明旺是个闲不住的人，爱管闲事的人。

爱管闲事的人，大多都不受人待见。现今许多人许多事都不能拿到阳光下来的，因此管闲很让人厌烦。爱管闲事的张明旺自然也让人厌烦，乡里人都称呼他张管闲，有贬义的意思。可他不在乎，甚至骂他损他，他都乐呵呵地管闲。有一回，街面商铺的李丽华扔垃圾，垃圾箱离李丽华的商铺也没多远，十步八步的，可李丽华偏偏不走这几步，站在自己门口往垃圾箱里投。李丽华投篮技术丁点没有，垃圾袋倒是像篮球一样飞了出去，可根本就没进去，落在了外面。正巧，张明旺路过看到了，就冲李丽华乐呵呵地说了一句："一投不中，到篮下拾起重投，保准中。"李丽华就翻了个白眼送他一个字："滚！"张明旺接过说："滚不行，不是玻璃球，还得投，重投。"李丽华就恼他："你城管啊？我就不投，你能咋的？"张明旺笑呵呵地说："你不重投我就给城管打电话，罚你。"说着掏出手机开始拨号。李丽华不怕张明旺，怕城管，一脸怒气走过来，拾起垃圾袋气哼哼地摔进垃圾箱，狠瞪了眼张明旺。张明旺对李丽华的怒目视而不见，哼着小曲走了。

挨骂遭白眼对张明旺来说，是轻的，因为管闲被打个头破血流的时候也是有的。一回在街上碰见两个年轻人打架，脸都打破了，血呼呼的，围着一大帮人看热闹却没人上前拉架，张明旺一看不行，再打，闹不好会出人命的。赶紧挤进人群，扑到两个年轻人中间，两手往

朋友啊朋友

外支着两个年轻人，嘴里不住地喊着："别打了，别打了，有什么事不能好好说的，打什么架？"两个年轻人打得正起劲儿呢，根本不听张明旺的劝说，隔着张明旺依旧你一拳我一脚的，想想，这种打法，张明旺被误中拳脚的概率该有多大？不一会儿，张明旺就头破血流了，后挤进来看热闹的还以为两个年轻人打张明旺呢！张明旺一看不行，再这么打一会儿，两个年轻人没咋着，自己先躺下了。张明旺就大叫一声："别打了，我有心脏病，赶紧叫人救我。"说着，咣当一下躺在了地上，手捂胸口，腿还直蹬蹬。张明旺的举动一下子把两个年轻人镇住了，住了手，看看张管闲，又相互看了一眼，转身飞奔而去，是害怕张明旺真的心脏病发作死了赖上他们。看两个打架的年轻人跑了，张明旺爬了起来，抹着脸上的血冲看热闹的人说："你们看两个孩子打架怎么不拉呢？"没人理张明旺的话，还有人小声嘀咕了一句："没劲，心脏病还能装假。"之后就散了。张明旺也不气不恼，瘸着腿回去了。

　　大雨下了整整一天一夜。第二天早上不下了。张明旺睁开眼睛突然想到了一个问题：乡小学的教室有坍塌的危险。教室是前两年盖的，还是现在的乡长当时的教育副乡长主抓盖的。盖好后，有许多人说质量不行，但说归说，没人追究质量究竟怎么不行，不行到什么程度。张明旺没权力追究，但隔三岔五就去看看。前两天他又去看过，发现教室有一条很深的裂缝，用手一抠，唰唰直掉沙土，一看就知道质量是真的不行，他正想着这两天找乡长说说呢！这场大雨，教室怕是承受不住的。张明旺立刻起身，向乡长家跑去。找到乡长一说，乡长脸

第四辑 世相万千

色顿时不悦，不冷不热地说道："教室不行校长不能来说吗？你应该管这事吗？你也认为我盖了个豆腐渣工程吧！"张明旺一看乡长的态度，知道乡长不会对他的担忧上心的，急得一跺脚，回去了。张明旺回到家，想想，抓起自家那条粗壮的车链锁，向学校跑去。

　　老师和学生踩着泥水陆续地来了学校，可进不去，张明旺把大门锁上了。校长跑来问张明旺："老张，你干什么？"张明旺望着校长，很严肃地说："教室裂了你不知道吗？下了一天一宿的大雨，你还敢让学生进教室？"校长也知道教室裂了，但还不至于坍塌吧！就往张明旺跟前凑近一步说："老张你别胡说，快把门打开，让学生进去。"张明旺不动。校长急了说："你不打开我就给派出所打电话了，让他们来开。"张明旺摇头说："我不开，你打吧！"校长就真给派出所打电话。十几分钟，派出所所长来了，一同来的还有乡长。学生这时也都来了，堵在校门口黑压压的，有送学生的家长也跟着开始埋怨张明旺管闲了。乡长和派出所所长来到张明旺面前，乡长黑着脸说："把门打开。"派出所所长的手里拿着一把大钳子，晃了一下。张明旺站在门口不动，望着乡长说："乡长，真的不能让学生进校，还是先让人检查一下教室，学生们还太小……"乡长不耐烦地挥了下手说："你打开，我先进去看看，可以吧！"张明旺半信半疑地说："真的？"乡长说："真的。你打开吧！"张明旺犹豫了一下，打开了锁。乡长伸手拽开大门，冲学生们喊了一声："进去上课吧！"张明旺忙伸手去关大门，派出所所长早一把抓住了他的胳膊。张明旺急了，大吼一声，一拳砸在派出所所长的脸上，打得派出所所

朋友啊朋友

长松开了手,在人们一愣神时,张明旺已飞快地跑到了教室前,凶狠地向教室撞去。谁也没想到,轰的一声,教室真的塌了。

张明旺躺在医院里,乡里很多人来看他。许多许多学生家长的眼里都含着泪水。张明旺醒来,见了,有些惊讶地说:"怎么都来了?"家长们近乎异口同声深情喊了一句:"张管闲,我们接你回去管闲呢!"

包 扶

包扶贫困户已成了很多地方干部的一项工作,这项工作做的也是五花八门,自然,结果也是不一样的。局长根本就没把包扶贫困户的事当回事,结果是什么样呢。

秘书小张来到局长办公室。

局长正在给办公桌一角的那盆名贵的兰花浇水,看小张进来,局长问:"啥事?"小张紧走两步过来,要接过局长手中的水壶给花浇水,局长摇了下头,这兰花可是他的喜爱,施肥浇水都是他亲自动手,不让别人碰的,小张是知道的,但小张不得不过来装一下样子。小张站在局长跟前轻声说道:"县政府要各局局长包扶贫困户的具体包扶情况。"局长随口说道:"你把情况报上去吧!"小张迟疑了一下说:"怎么报?"局长放下手中的水壶,眼睛没离开兰花说:"怎么包扶的就怎么报呗!"小张就知道局长一定是把包扶贫困户的事忘得

第四辑 世相万千

干干净净了，也难怪，局长根本就没把包扶贫困户的事当回事。小张就小心翼翼地提醒局长说："咱们没有具体的包扶情况！"局长微怔了一下，望了眼小张说："怎么没有呢？不是批了包扶资金了吗！"小张又迟疑了一下说："这钱……给您换办公室设备了。"局长拍了一下脑袋，想起来了，批了两万块钱包扶资金的，确实没给贫困户，自己气派的办公桌，桌上那台性能最好的电脑，也包括眼前的这盆兰花，都是用那笔包扶资金买的。局长走回办公桌后面的靠背椅上坐下来，沉思了一下吩咐小张："这样，找一个认识的贫困户，给点钱意思一下，然后按两万块钱的包扶标准写，报上去就行了。"小张连忙说道："您包扶的贫困户是县政府分派的，我把那个贫困户的资料当初给您看过。"局长又怔了一下，显然又是忘了。局长拿起电话开始打电话。放下电话，局长面呈喜色轻松地说道："没人会核实包扶情况的，就是看做没做。这好办，你就写一个具体的包扶情况，把两万块钱都安排到包扶对象身上，报上去就行了。写个包扶情况对你这个大秘高手来说不是难事吧！"局长微笑着对小张说的最后一句话，意思不言而喻。小张一笑说："我这就回去写。"

小张把写好的包扶情况打印好，拿来给局长看，局长看了看：两万块钱给贫困户修了房子，给贫困户的孩子解决了学费，并且过年的时候给贫困户送了钱……局长挺满意，点头说："好，好，有具体包扶内容，解决了贫困户的实际困难，说得过去，报上去吧！"

一周后。

小张闯进局长办公室，小张脸色煞白，神色惊慌，

朋友啊朋友

焦急地对局长说道："局长，不好了，出事了。"局长望着小张："出什么事了？"小张嘴打哆嗦地说："是包扶贫困户的事……"局长心下一惊，忙问："怎么回事？"

结尾一

小张深吸了一口气，让语气尽力平稳了一下说："那个贫困户不知怎么知道咱们上报的包扶情况，现在找上门来了，要两万块钱，说不给他就把这事放到网上去曝光……"局长顿时出了一身冷汗，连忙吩咐小张："快，抓紧安排两万块钱给他，可千万不能让他把这事放到网上曝光，这要曝光就是把我脱光了啊！"

结尾二

小张深吸了一口气，让语气尽力平稳了一下说："各单位的包扶情况报上去，县长说要看看落实情况，多看也没时间，主要是让电视台报道一下，体现咱们领导干部心系困难群众，帮助困难群众解决实际问题的信心与决心，随手抽了一份，可没想到，一下子把咱们报的那份包扶情况抽到了……"局长噌地一下从靠背椅上跳了起来，冲小张喊道："赶紧安排呀！找到那个贫困户，先给他租个好一点的房子，再给些钱，让他按咱们说的跟县长说……"小张哭丧着脸说："找不到那个贫困户了，因为困难得实在过不下去，三个月前走了，说是去外地要饭，谁也不知去了哪里。"局长一屁股坐了下去，一声哀叹："完了，我的日子难过了啊！"

第四辑　世相万千

背我上楼

酒喝多了，腿自然不好使，可楼得上，家得回。喝多了的老张回家上不去楼，只好让人背，可哪那么好背呀。老张被民工背上了楼，转眼间又被背下了楼，这楼上得咋这么苦呢。

老张喝多了。喝多了的老张脑子还比较清醒，知道自己家住哪儿，爬上出租车就回来了。从出租车上一下来，老张就一屁股坐在了地上，绝尘而去的出租车扬起的尘土喷了老张一脸。老张呸了两口，想站起来，却没站起来，腿脚软弱无力，只有脑袋还算清醒是没用的，腿脚不清醒，用不上力，想站也站不起来。老张只好坐在楼下等人，等认识的人扶自己上楼。老张住五楼，这工夫真恨自己为什么不住一楼，哪怕住二楼也好啊！住二楼也有信心爬一爬的，五楼啊！整栋楼才六层，五楼只差一层就到顶了，老张从心里就感觉高不可攀。老张坐在地上等了好半天，也没见到一个认识的人，倒是有几个人从老张的身边走过，也是这栋楼住户，老张似乎看到过他们从哪个楼口进出过，可没说过话，谈不上认识，老张不好开口求助，何况那几个人一看老张坐在地上醉醺醺的，立马加快脚步从老张的身边走了过去，让老张开口的机会都没有。等不到认识的人，老张就打电话，给老婆打，老婆关机了。老婆就在楼上，这老娘们儿，只要在家，一准关机的，老张恨恨地骂了一句。家里还

朋友啊朋友

没有座机，现在手机人人都有，有的人还有几个，谁还安座机呀！没有认识人，打老婆手机关机，老张突然就有些叫天天不应叫地地不灵的感觉。

老张就四处看，意识有些杂乱，似乎想找个什么东西把扶着站起来，再一步步往楼上爬。左看右看，就看到了不远处的凉亭内坐着一个人，那个人老张面熟，好像是前面不远处一个工地上的民工，每天歇工后都在这楼下的凉亭内坐着的。老张就看见救星般地冲着民工喊道："兄弟，帮一把的。"那个民工其实一直在看坐在地上的老张，老张突然转头看到他又喊他，民工就愣了一下，前后左右看看，没人，坐在地上的那个人一定是在喊自己，民工就犹豫着站起来，缓缓向老张走了过来。

民工犹犹豫豫走到老张跟前，站住了，看着老张。老张冲民工笑笑说："兄弟，帮一把，喝多了，把我扶上楼，谢谢啊！"老张说完，民工却没上前来扶老张，反而后退了一步。后退是因为害怕，现如今助人为乐惹了一身麻烦的比比皆是，做好事倒容易闹个伤心落泪损失钱财，民工不怕伤心，怕损财，出来打工不就是想挣点钱吗！民工一后退，老张倒伤心了，心下一声叹息：这什么时代呀？连朴实憨厚的民工都一点同情心也没有了，帮个忙都不肯啊！老张悲叹，就心生怨愤地说道："不让你白帮，我给你钱。"一提给钱，民工眼睛一亮，站住了，望着老张问："你住几楼啊？"老张说："五楼。你背我上去，我给你二十块钱。"老张咬牙说。老张不是心疼二十块钱，老张是让民工背他而不是扶他上楼才咬牙的。民工心里挺乐，又看看老张说："你没别的事吧？"老张说："我不就是喝多了嘛，我不喝多我早上楼了，用得着花钱雇你背我呀！"民工确信老张真的只是喝多了上不去楼，一伸手就把老张拽了起来，拽到自己背上，往楼上爬去。

老张挺胖，很重，喝了酒的老张一趴到民工的背上就全身心放松了，一放松就稀软的像个死人似的，死沉死沉的。民工很瘦弱，背着他很吃力，但有二十块钱支撑着，瘦小的民工背着老张咬牙往楼上爬去。

爬到四楼，民工有些撑不住了，一开始觉得二十块钱挣得像白捡似的，现在感觉像卖命一样了，就觉得二十块钱少了点，扶着楼梯喘着粗气对老张说："大哥，再给加点钱吧，你太沉了。再给加五块吧！"趴在民工背上都有些昏昏欲睡的老张就不满地说："不是说好了二十块钱吗，怎么又要加钱的。"民工近乎哀求喘着气说："你太沉了，我没想到你这么沉的。"老张就很不高兴地说："你什么意思？你在下面没看清我什么身板呀！这钱我不能给你加，你不把我背到家门口，二十块钱我也不给你的。"老张的话就刺伤了民工，民工很生气，有些恼火地说："我都把你背到四楼了，你说不给我钱？还讲不讲理呀？"老张说："谁不讲理呀，说好了到五楼二十块钱，没背到地方我凭什么给你钱。还要加钱？你要么把我背到五楼我给你二十块钱，要么你把我再背下去，我也不给你钱的。"老张心说：民工再傻，也不能把我再往下背啊，下楼也累，一定会把我扔在四楼，还有一层楼，我一个台阶一个台阶爬，也爬上去了。民工一怔，突然极度气愤地说："背下去就背下去，有能耐你就自己从楼下往上爬。"民工说完，也说不上又哪来的力气，背着老张转身嗖嗖地往楼下跑去。还没等老张缓过神来，民工已经把老张背到了楼下，把老张往

朋友啊朋友

地下一放，转身就走。老张气恼地冲民工喊道："你还真把我背下来了呀！就不能再商量商量……"民工已经消失在了黑暗中。

老张在黑暗中坐到半夜，直到老婆看半夜了他还没回来，担心他，开机给他打电话，才知道他在楼下坐着呢。老婆跑下楼，骂他说："怎么喝成这个熊样的，坐在地上都起不来了，我不找你，你是不是睡在楼下了，一宿还不把你凉坏了。"老婆把老张扶起来，老张痛苦又悔恨地说道："先前是真喝多了起不来，现在是腿坐麻了起不来。我也真是，激他干什么，不激他这工夫早舒舒服服躺在被窝里睡着呢，何苦在这水泥地上凉半宿呀！"

老婆听得直糊涂，问老张"你说谁呀？什么激他的？"

老张说："一个傻帽。"

老张不知道，民工把他扔在楼下，回到休息的地方就后悔了，民工后悔得半宿都没睡着觉，民工悔恨地骂着自己："都背到四楼了，咬咬牙就到五楼了，不加钱就不加呗，到手的二十块钱一激动就扔了，太可惜了啊……"

体 察

专车突然坏在半路上，李市长决定坐公交车去上班。可他竟然没想起公交车是要买票的，兜里一分钱也没有，面对售票员和一车的乘客，坐错了车的李市长着实体验了一把不同的人生。

第四辑　世相万千

李市长吃早饭的时候，秘书小王打来电话，小王在电话里忐忑不安地对李市长说："车突然坏在半路上了，正在联系别的车，可能要晚一些来接您，您别着急。"李市长脑子里突然一个闪念，说："不用联系别的车了，我坐公交车去。"电话里突然像什么都不存在的一下沉寂了，但很快，小王极度惊慌的声音响了起来："李市长您千万别生气，是我没安排好，接您的车很快就会到的……"李市长笑着说："我生什么气啊，我就想坐一坐公交车嘛，我都想不起有多少年没坐公交车了，今天正好是个机会。"小王焦急地说道："李市长您千万别，真不行啊，公交车又挤又脏，再说也不安全。"李市长收起笑，有些不悦地说道："怎么又脏又挤的，不是每天都那么多人坐吗。不安全，有什么不安全，你说说。"小王就卡住了，紧接着又劝阻道："李市长，您怎么批评我都行，但您还是不能坐公交车的。"李市长不耐烦地说道："行了，行了，难道我坐一次公交车的权利都没有了吗！"不容小王再说什么，李市长就把电话挂了。

放下电话，李市长早饭也不吃了，拿起公文包就走。市长夫人已经听清了电话内容，原也想劝李市长不要坐公交车的，但看李市长一脸不悦，想说没敢说，担心地望着李市长走出了家门。

李市长在迈出家门口的那一瞬间愣怔了一下，门前空荡荡的，好像缺少了点什么。李市长很快就醒悟过来，缺少的是往日一出门就早已等候的小轿车，还有小王那张亲热的笑脸。李市长摇头自笑了一下，迈步走上大街。走上街道的李市长很快就看到一辆迎面驶过来的

朋友啊朋友

公交车，李市长连忙扬手，可公交车并没停下，而是贴着他的身体嗖地开了过去，在前面不远的站点停了下来。一个女售票员从车窗伸出头来，冲李市长大声喊道："你上不上车呀，快点。"李市长扬手车没停，正想不明白车咋不停呢，售票员喊他，才明白过来，公交车不是出租车，不能招手即停，是要到站点才停的。李市长赶紧快走两步，上了公交车。

还不到上班高峰，车里人不多，都像没睡醒似的半眯缝着眼睛。李市长上车到坐下，车里的人连眼睛都没抬一下，这让总是被人瞩目的李市长心里感到一丝失落。车开动后，李市长发现售票员在一眼一眼地望他，不说话，看一眼又看一眼的。李市长还以为售票员认出他是市长来了呢，可李市长很快发现，售票员一眼一眼地看自己根本不是认出了他，但为什么这么看他，李市长又想不明白，李市长什么时候被人用这种不明不白的眼神一眼一眼地剜过呢。李市长感到浑身不自在，把脸转向一边，避开了那一眼一眼的目光。李市长把脸转开了，女售票员就朝李市长走了过来，走到李市长跟前，脸色不高兴地说道："把票买了。"

李市长恍然大悟，原来售票员一眼一眼地剜自己是在叫他买票，可自己竟然没想起来，坐公交车是要买票的。李市长脸有些红，自己竟然连坐车买票的意识都没有了。怕是有二十年没坐过公交车了。这二十年来从局长县长市长一路走下来，哪天不是一出门就有小车候着呀，即使坐火车坐飞机也不需要自己买票啊，下属早办好了，这些不应该是他领导做的"小事"。买票一词在他的脑海里已经丢失了。售票员的这声买票，让他感觉

第四辑　世相万千

是那么的陌生。

　　李市长忙找钱买票，在他翻兜找钱时，售票员问了一句："到哪？""市政府。"李市长随口应道。售票员惊疑地叫了一声，望着李市长的目光十分惊诧，对李市长说道："你不是本市人吧。"李市长说："是本市人呀。"售票员说："是本市的不知道市政府在哪，这车不开往市政府啊。"李市长头就嗡的一声，忘记了公交车是有规定路线的。售票员又说："你交一块钱吧，到下站下车，到街对面坐5路车到市政府。"李市长把所有的兜都掏遍了，可连一分钱也没掏出来，汗水从李市长的额头沁了出来。李市长脸红红的，不好意思地说道："我没揣钱，我……从来不揣钱。"李市长兜里不揣钱也有些年头了，这些年来自己好像就没买过什么东西，揣钱干什么。好像也揣过的，是去看望贫困户时陪同人员把钱揣在他的兜里，他再从兜里把钱掏出来递给贫困户，因为在他递钱给贫困户的那一瞬间，会有摄像机摄下那珍贵的镜头。李市长现在多么希望自己的兜里还能掏出钱来，哪怕就一块钱。可是，他兜里真的连一块钱也掏不出来。李市长脸红得像落日夕阳，说："真对不起，我一分钱都没揣。"

　　售票员的脸立刻冰冷下来，一撇嘴说道："真看不出，你这个人斯斯文文的，连一块钱都舍不得掏。"李市长忙分辩说："不是舍不得，是真没揣。"售票员一扯他的衣服说："你看你这身衣服，你说你没钱谁能信，你们有钱人都这样，吃喝玩乐大把大把花钱，可连一块钱车钱都不愿掏。"售票员这一喊，车上那几个半眯着的人都睁开了眼睛，抻脖子往李市长这看。李市长更加窘迫不安，如芒刺背，压着声音说："小同志你不要喊好不好，我是咱们市的市长，你这一块钱我过后一定给你补上。"售票员就盯住他说道："什么？你是市长。"售票员突然笑了起来，笑得身体摇晃着说道："市长，市长会坐我们这破公交车，你说你是省长不是比市长还大吗。哈……"突然一个乘客说道："好像真的是市长哎，电视上常看到的。"立刻所有人的目光都射在了李市长的脸上，乘客们有些惊喜但肯定地说道："真的哎，真是李市长哎。李市长，你怎么坐到这公交车上来了呢？"李市长不知道自己该怎么回答，说自己的车突然坏了，说自己突然心血来潮要坐回公交车。一个乘客替李市长回答了问话："这还用说，李市长这是深入群众，体察民情来了呗！"

售票员不笑了，惊怵而又满含热泪地望着李市长。售票员突然一转身，冲前面的司机大声喊道："快，快，转头，往回开，往回开，往市政府开。"

公交车迅速地转了头，飞快地朝市政府方向开去。

加　锁

公园门口写着严禁车辆进入，可车辆照样进入，老张看不过，去找公园管理处。很快，铁栏杆就横在了门口。可没过几天，想进入的车辆还是照样进入，气愤的老张自己拿了把锁加在了栏杆上。

第四辑　世相万千

老张凡事爱较真。

爱较真的人脾气大多都倔，老张就是个倔脾气。

老张居住的县城有一个公园，面积很大，年代也比较早，历届政府和群众保护意识比较强，百年来没遭到过什么破坏，庭宇楼阁耸立，古树参天蔽日，是人们休闲游玩的一个好去处。公园除了一个气派的大门外，还有一个小门，这小门并没有门，临着街道，一条两米宽的人行道直通公园深处。人行道两边绿树成荫，风景甚佳，许多人尤其是像老张这样的老年人都喜欢在这条道上散步。每天的上午和下午，老张都从小门进入，溜溜达达走进公园深处，然后再溜溜达达走回去，高兴了就再走一个来回。

在人行道上常来常往的老张发现了一个问题，时不常有小车从人行道往公园里面开，把散步的人撵得东倒西歪纷纷避让。散步的人也只能骂上两句。老张也跟着骂了两回，没用，车里的人听不见，即使听见了也装听不见，车该往里开还往里开。门口那虽立着一块牌子，上面写着"严禁各种车辆进入"八个大字，字又大又红，明晃晃的，开车之人不可能看不见，看见却当看不见，还在乎你几句骂。老张骂了几回不骂了，去找公园管理处的王主任。

听老张一说，王主任也挠头："这情况我们也知道，我们也不想让小车往里进啊，可人们不自觉我们也没办法，影响你们散步不说，也不安全啊！还时不常压坏几块步道砖的，我们还得费工费钱来换。"

老张说："安个门不就得了？"

王主任说："想过，可安了门谁看着？不看着跟没

朋友啊朋友

安一样，再说临街，安个大门影响市容市貌，领导也不能同意。"

老张不知道该怎么好，就说："我先回去，过两天再来。"老张回来，发动在人行道散步的老头老太太们献计献策。一帮老头老太太在一起呛咕了两天，还真呛咕出了一个办法，在门口横一个栏杆，不用太高，一抬腿就能迈过去，你小车跑得再快，也抬不起轱辘跳过去吧！老张立刻去找王主任，王主任一听，眼睛一亮说："还真行，这办法不错，总算能阻止车辆进入了。"

很快，一根两米多长的铁栏杆就横在了门口，还真阻止了车辆进入。可是没过几天，这个栏杆不好使了，想进入的车辆还是照样进入，因为司机发现，这栏杆是活的，下来两个人把栏杆抬到一边，车照样开得进去。

老张就又去找王主任，说："这栏杆你得焊死，活的拦不住，把杆一抬车就进来了。"

王主任为难说："不能焊死啊，公园里需要维修时，要从这口进维修车辆呢！"

老张想了想说："那就把它锁死，栏杆两头安两把锁，平时锁上，进维修车辆时再打开。"

王主任立刻笑说："行，这招行，就这么办了。"

栏杆上锁后，有一段时间没进车辆，老张散步也觉得心安稳了。可没安稳多久，又开始有车辆进入了，进入的车辆不多也不频繁，隔三岔五的有一辆两辆的，明显不是维修车的，老张就很生气，显然是公园的人给打开的栏杆，要不根本进不来。老张要去找王主任，一起散步的把老张拽住了，说："算了吧，现在能进来的车哪个不是有来头的，你去说也阻止不了的。"

第四辑 世相万千

老张一听火气嗖的就来了，骂道："还真搞人情腐败呀！我就不信治不了它。"老张不去找王主任了，去了五金商店，买了两把大锁回来，咔嚓把栏杆又上了两把锁，钥匙往兜里一揣，哼着小曲走了。

还别说，好长时间都没有车往公园里开了。

这天，老张散步回转，走到门口，看到辆小车停在门口，瞧样子是想往里进。王主任飞跑过来，一把抓住老张说："我知道是你上了两把锁的，赶紧打开，让车进去。"

老张微微一笑，一骗腿在栏杆上坐了下来，说："没拿钥匙。"

王主任急了："大爷，我求求你了，快打开吧！"

老张不动。王主任真急了，转身找来一块石头，要去砸锁。老张一步横到王主任面前，高声喊道："要砸锁就先砸了我。看看你们立的牌子？严禁各种车辆进入！这不是车辆啊？"老张一指小车："这是王八盖子呀！"

王主任脸都白了，怒目老张："让开。"

老张一挺脖："有种你砸死我。"

车门打开了，从车上快速下来几个人，其中一个大步过来，冲王主任喝了一句："放下！"

王主任连忙把石头放下，叫了一句："李县长……"

什么？新来的李县长！散步围过来的人叫道。李县长一把抓住老张的手，动情地说："大爷，骂得好啊！你这锁也锁得好，锁住了我们这些干部的官僚之心啊！"李县长转头对王主任说道："这两把锁是群众给咱们上的，群众不说打开，谁也不能打开。"

朋友啊朋友

"大爷,我刚来咱们县,哪都不熟,您能带我看看咱们公园吗?"李县长乐呵呵地对老张说道。

老张精神一振,激动地说道:"走,咱们到公园里散步去。"

你家几楼啊

男子从四楼的楼道窗户伸出脑袋来,冲着我大声喊,喊声绝不比喇叭声低:"大哥,你家几楼了?是四楼吧?"这一声喊叫,让我的生活有了一层阴影。

中午下班回家,还没进楼区,就听见楼区里扩音小喇叭一声接一声地吼叫:"大米,卖大米,家产的大米。"吼叫声嘶力竭,一听就是没有经过加工原生态的,似乎就是要喊出家产大米的乡野味道来。现在卖什么都喜欢喊家产的,好像家产的就是任何农药化肥都没上的无害产品,不过,这也符合人们追求健康的心理。但是,家产的大米我还是头一次听到的。进了楼区,一眼便看到家产大米正在我家楼下喊叫着,一辆半截子小货车上堆着满满的大米袋子,扩音喇叭放在大米袋子上,冲着楼房呼喊着。卖大米的是一对小夫妻,站在车下,不时地往楼上瞭一眼,眼中闪动着渴望。我的心不由地抽了一下,瞧小两口那渴望而不紧不慢的样子,这一中午怕就要耗在这了,这一声接一声彼此彼伏的原生态叫声,让午觉的人如何休息啊。

第四辑　世相万千

　　从车前走过的时候，男子突然喊了我一声："大哥，买点大米不？自家种的。"我本不想停下的，但人家跟我说话了，虽然素不相识，出于礼貌还是笑了一下，随口问道："你自己家种的？"男子显然看出我不相信他的话，但有人搭讪，还是让他精神一振，立刻伸手从一个打开的米袋子抓了一把递过来："真是自家种的，不骗你，你看看这米。"我看了一眼他手中的米，粒粒晶莹剔透壮实饱满。他又把手中的大米往上一递："你闻闻，有香味的呢！"我闻了一下，还真是有一股淡淡的米香。"这是我自家种的，没上化肥，全是有机肥。"他一句紧着一句地说道。我笑笑，点点头表示认可，但我没有要买的打算，何况他不停喊叫的喇叭声让我头痛，我赶紧拔腿离开。男子似有不甘，冲我又喊了一句："不骗你，真是自家种的，是三河村的大米。"三河村是我们这有名的大米之村，所产大米远近闻名。我笑笑，快步上楼，如果真是三河村的大米还真值得买，可三河村的大米哪用得着自己出来卖啊，早让粮商收去了的。

　　吃过午饭，正犯难在卖大米的喊叫声中如何午睡，卖大米的声音突然停了，我禁不住舒了一口气："终于走了，可以好好睡个午觉了。"

　　睡醒起来上班，一下楼便看到了大米车，女子在车里睡觉，男子在车下依旧漫不经心地瞭望着，眼中依旧透着渴望。见我，男子龇牙一笑："去上班！"我点头："没走啊？咋不喊了呢？"我指指喇叭。男子笑笑："都午觉呢，不好。"男子这话突然让我心中有些感动，也是被触动了，现在能替他人着想的人有几个呀。我不由地停下脚步问他："真是三河村的大米？"男子眼里立

朋友啊朋友

刻精光一闪："说了都不信，真是的。我没卖给收粮的，他们把米收去，往里掺不好的再打着三河村旗号卖，我不掺，我自己卖，一袋我多加五块钱，但我保证不掺假。"男子说得有些气愤填膺，脸都红了。我上前伸手抓了一把大米，使劲儿闻了闻，大米的清香味似乎比我上楼前男子给我闻的时候浓厚多了，好像还有一股香甜味。这样的好大米可遇不可求的。"给我来两袋吧！"我说。"好嘞！我给你送楼上去，几楼？"男子立刻兴奋地叫道。"五楼，家里有人，你送上去吧！下来我给你钱。"我说。

男子立刻打开车门，喊他媳妇："快点，大哥要两袋米，你上车掫给我，我给大哥扛上去。"女子立刻跳出驾驶室，翻身爬上车厢，掫了两袋大米在男子肩上。男子近乎小跑地扛着大米奔向楼上。

片刻，男子从四楼的楼道窗户伸出脑袋来，冲着我大声喊，喊声绝不比喇叭声低："大哥，你家几楼了？是四楼吧？"这小子，卖了两袋大米兴奋得连我告诉他五楼转眼间都忘了。我也只好扯脖子喊："不是四楼，是五楼，五楼——""知道了——"男子拉了一个高音大长声，脑袋缩了回去。男子脑袋是缩回去了，不少住户的脑袋都伸了出来，有人喊我："老乔，买大米呢？哪的呀？"我只好回喊："三河村的！"住户的脑袋立刻都收了回去。男子回来的时候，不少住户也都下了楼，向大米车这涌过来。收大米钱时，男子小声又诚恳地说："哥，我不多收你十块钱了，你让我开胡了，谢你了。"我笑笑，赶紧走吧，上班快迟到了，十块钱打车够了。

晚间下班回来，大米车已经不在了。几个住户在楼下，瞧我的眼神有些怪，其中一个忍不住问我："中

第四辑　世相万千

午卖大米的那小子是你家亲戚吧？"我摇头说："不是啊！""不是？你咋知道是三河村大米呢？"住户紧着问我。"卖大米说的啊，我闻着挺香的。"我忙说，心感觉不踏实。住户鼻子哼了一声，走开了。我赶紧上楼，进门问妻子："大米放哪了。"妻子说："阳台呢，楼区的人都买疯了，差点没把一车大米买完了，啥大米呀？都抢着买的。"我哪有心思答妻子的话，直奔阳台，找到两袋大米，打开口袋，把手狠劲伸到大米袋子下面抓了一把上来，张开手，手掌上的大米很多是碎瓣的。我狠劲儿闻了一下，无丁点清香味道。

那一瞬间，男子从四楼楼道窗户伸出脑袋的画面一下从我的脑海里跳了出来，无比的清晰，叫声无比的响亮：大哥，你家几楼了……

碰面烟

碰面点根儿烟，无可厚非，局长老张也有这个习惯，虽然老张不喜欢抽烟。只是，这碰面烟也不是那么好点的，点不好，就点的不是烟，而是炮仗，会炸人的。

老张是个小局长。

小局长老张的兜里总是揣着两盒烟，一盒高档烟，一盒低档烟。当地有句俗话：碰面递根烟，快乐似神仙。这话一看就是对烟民说的，如果抽烟的碰见不抽烟的，递烟给人家，怕是人家会避而远之，还谈什么快乐神仙

朋友啊朋友

的。只不过，不抽烟的人似乎并不多，老张认识的人，几乎没有不抽烟的。老张兜里的两盒烟，大多时是用来快乐似神仙的。老张并不喜欢抽烟，但并不等于老张不抽烟，抽的不勤，可只要抽，就要给人递烟的。许多时候，碰了面抽根烟，有话说，有亲切感，似乎事情也好办的。当然喝酒更能有话说，有亲切感，更好办事，但喝酒不能像抽烟这么简单明快，因此，面对面抽烟的时候是比较多的。老张兜里的两盒烟，是看人下烟的，碰见同级别或上级人员，老张就把高档烟拿出来，递高档烟；碰见下级或认识的群众，老张就把低档烟拿出来，递低档烟。给同级或上级递高档烟，是因为同级和上级都抽高档烟，有点身份的象征，老张不能让同级和上级看不起。给下级和认识的群众递低档烟，也是因为下级和群众都抽低档烟，这倒不完全是身份的象征，大多是经济能力问题了。是个烟民，高档烟谁都想抽，可高档烟不是谁都能抽起的，一盒烟能吃好几顿饭，是吃饭还是抽烟？当然是吃饭了。

这天老张参加了一个饭局，喝了酒，喝得有些多，腿有些发飘，出了饭店，飘飘悠悠地往家走，路上碰见了副县长老李。老李正散步呢，老张醉醺醺地走过来，老李喊了一声，老张站住了，定睛看清是老李，连忙掏烟，老李也是烟民。老张喝得有些头脑不清，想着掏高档烟的，没想到把低档烟掏了出来，把低档烟掏出来还没细看，抽出根烟就递给老李："李县长，抽根。"老李一看烟，脸顿时撂了下来，口气十分不悦地说道："老张，你也太势利了吧！我是马上就要退下来了，可我这人还没走呢茶就凉了！"老李知道老张兜里揣着两种烟的，许多人兜里都揣着两种烟，但没人说。递烟接烟的也都知道，没人挑破，也都抽得心安理得。老张忙低头看烟，才发现拿错了，脑子唰地一下，酒醒了一半，连忙把高档烟掏了出来，抽出烟递给老李："李县长别生气，我有点喝多了……"老李一伸手挡回了老张的烟，哼了一声，走了。

老张就怔在那。老张心里挺憋屈，自己的确不是有意的，别说李副县长马上要退没退呢，即使退了也不能碰面递低档烟啊！可这老李，根本就不听解释，真气人呢！老张把烟叼在嘴上，点着，狠狠地吸了一口，喷出了一口浓烟。浓烟散尽，老张的面前又出现了一个人，老张看看，一个到局里上访过两次的群众，也算得上认识，老张有些发狠地把高档烟抽出一根，递了过去说："来根儿！"那人接过烟，放在眼底下细看了看，突然把烟扔在地上，狠狠地碾了几下对老张骂道："一个小局长，竟抽这么高档的烟，你说说你得腐败到什么程度了……"

老张的酒一下子全醒了。

谁喊的

"让领导先走！"这一声高喊，那么急促，那么嘹亮，也喊出了社会中的一种病态现象。喊者小李这一声喊叫，是福是祸呢。

朋友啊朋友

正在开会。

突然就晃了一下。所有人都晃了一下。

会场里猛地静了下来，在主席台上正讲话的领导也戛然而止，会场下面原本还有些闹嚷嚷的低语声也瞬间销声匿迹了。没有了讲话声，没有了低语声，整个会场静得连根针掉在地上的响声都会是震雷般。所有人一瞬间都精神了，这精神是很明显的，一个个目光炯炯，不过有些发愣，发愣之中尽显惊愕。

突然就又晃了一下。这下晃得十分明显了，人们不仅感觉到自己的身体强烈地晃动了一下，而且听到了自己屁股下面的椅子因晃动而发出的裂叫声。"地震了——"一声尖叫，是女人的，会场里有不少参加会议的女人。"轰"的一声，所有人都跳了起来，惊恐慌乱地向会场门口冲去。都知道是地震了，第一下晃动就都感觉到了，这里是地震高发区，大地震没经历过，小地震是经历过的。虽然经历过地震，但人们还是恐惧，谁知道哪次地震要人性命，地震来了，不跑不躲安坐室内那不是有病吗！

主席台上的领导也恐慌了，他讲话戛然而止，也是感觉到了地震的到来，是地震让他讲话戛然而止的。当人们轰的一声像炸了营般一窝蜂地向会场门口挤去时，领导也不由地跳了起来，奔向门口。可领导跳起来时，他的腿突然不好使了，有些麻木，这是正襟危坐的时间比较长了，也有着突然紧张的缘故，领导心下比谁都急，他离会场的门是最远的！领导咬着牙拖着腿往台下跑，领导撞翻了桌子，领导磕磕绊绊地跑下主席台，向人群挤去。

第四辑 世相万千

"让领导先走！"突然一声高喝。这喊声很急促，却很嘹亮，声音竟然盖过了慌乱造弄出来的杂乱之声。拥挤的人们被这突然高亢的一声喊叫叫停了拼命拥挤的脚步，不由自主地向两侧努力地闪着身，给领导让出了一条缝隙来。人群最后的领导也被这一声喊叫叫停了脚步，看着瞬间就闪出来的一条狭小的通向大门的缝隙，领导长吁了一口气，心下不禁感叹：到底是机关干部呀，什么时候都丢不掉已然形成的职场习惯呐！这是谁喊的呢？在这危难时刻，还心系领导……领导想着往前挤去。领导走了两步，突然站住了，领导的心中一震：哎呀，差点没上了反面新闻。自己先从这闪开的缝隙跑出去，还不就成了人民群众眼中的一个污吏了吗！虽然这些干部是不由自主地给他闪开了一条道，但他先跑出去了，这些干部难免不把他的如此恐惧行为传播于众，他将以何面目以何形象面对外界芸芸大众啊！领导一下子刹住了脚步，冲着人们一挥手，临危不乱地喊了一声："不要挤，前面的先走，快！"慌乱的人们突然就有了秩序，一个接一个飞快地从门口滑了出去，片刻，包括领导在内会场里所有的人，都跑出了会场。

会场没塌，又是一次小地震，虚惊一场。

领导回到办公室，领导问跟进来的办公室主任老张："谁喊的？"

"什么？"老张不解。

"在会场往外跑时，谁喊的'让领导先走'。"

老张就愣了，喊叫声他也听到了，但他没看清是谁喊的，当时一片混乱，他也在拼命往外挤，他也是听到那声喊叫后才跟着领导屁股后面出来的。老张脸红了一

朋友啊朋友

下说："没看清，当时太乱了。"

领导有些不高兴地看了一眼老张说："查一下，谁喊的。"

老张就忙查是谁在会场喊的那声让领导先走的。不难查，喊的人就在人群里，他的身边都是人，他的喊声那么嘹亮，身边紧紧拥挤的人不可能看不见他嘴里吐出的字音。很快，普普通通的小职员小李就被查了出来。那喊声是小李喊出来的。老张拉着小李的手说："恭喜呀，你要平步青云了。"忙领着小李来见领导。领导看看小李说："你喊的！你怎么想的？"小李不好意思的笑笑说："没想太多，看见领导在最后面，一着急就喊了一声。"老张说："小李在危难之时首先想到的不是自己，而是领导，可见政治觉悟很高，是个难得的人才，领导是不是把小李调到办公室来，给您当秘书。"领导看看老张，又看看小李，小李一脸惊喜热切地望着他。领导脸一沉说："是该调动一下，去下属公司吧，还是一般职员。"小李热切的脸孔就惊愕了，老张也惊讶不已，望着领导说："这不升反降……"领导一挥手："就这么定了，下去吧！"

小李就去了下面的公司。看着小李一脸懊丧的出了机关大门去了下属公司，同事们都一脸笑意恨恨地说："拍马屁拍到马蹄子上了，自找难堪啊！"

一年后，小李所在公司的经理到点了，在研究新经理人选时，领导提议小李出任经理。领导不提小李，人们都已记不起小李来了，领导现在提起小李，人们就觉得小李真是有些亏，一年前喊了一句话，还是为了领导，没升倒贬了，好在领导现在又想起了他，这个经理给他坐也是应该的。大家就很同意小李出任经理。小李就当上了经理。

老张一直没忘小李的，也总觉得小李有些亏，小李这回提了经理，老张私下里对领导说："小李早就该提的，一年前就该提，在危难时刻首先想到领导的还有谁呀！我就想不通领导您当初怎么还把他贬了呢？"

领导看看老张，微笑了一下说："我不把他贬下去，先提起来，他还能活吗？他还不得被埋汰死！还能有人像今天这样的同情他？这个经理的位置能坐得这么顺利和美好吗！"

壮　胆

权大于法总是存在的，法制办主任老张是深知的，处在两难境地的老张没办法，只有壮着胆子行事，依法行事。酒壮怂人胆，老张不是怂人，也得喝酒壮胆。

老张是县政府法制办主任。

老张喜好喝两口酒。原以为老张爱喝酒就是喜好，后来才知道，老张喝酒，壮胆的成分要比喜好的成分多。

法制工作越来越重要，现在从上到下都高度重视依法办事，作为县政府的法制办，既要执行县政府的规定，或者是某个县领导的规定，还要依法行事，冲突避免不了，老张往往就处在两难境地。

一次，有个行政复议案件，需要主管县领导签字。

朋友啊朋友

老张去找县领导，县领导看完材料听完老张汇报，只说一句话："别立了！"老张就怔住了，犹疑了一下，态度肯定地对县领导说："这个行政案件是必须立的。"县领导看看严肃认真的老张，又说了一句："立案有用吗？"老张就发蒙，领导这话说的，跟知法犯法没什么区别。老张不能跟领导讲法，只能从工作角度对领导说："不立案便是我们不作为的。"领导笑笑，摆了下手说："你先回去，我再看一看。"

老张就回来了。老张知道领导这看一看就不知道什么时日能看完了，拖来拖去怕就把案件拖没了。老张心下着急，中午回家，招呼媳妇："给我来瓶酒，要高度的，劲儿大的。"媳妇惊讶："中午你喝什么酒啊？你们不是有规定中午不准饮酒吗？"老张说："管不了那么多了，我下午还得去找领导。"媳妇更加惊讶："你下午去找领导还敢喝酒？"老张咬牙说："我要不去找他还不喝了呢！拿酒！"

一瓶高度酒老张喝了半瓶，瞧着上班时间要到了，老张起来晃悠悠的又去找领导。老张有一个特点，喝酒不脸红，像没喝一样，别人看不出来，只有老张自己知道。喝了酒的老张，浑身血液沸腾，血液在血管里跑动的声音老张都能听到。喝了酒的老张就雄赳赳气昂昂地又去找领导。

领导一见老张，就知老张又来让他给那个行政复议案件签字，有些不悦地说："老张啊，你这追的也太紧了吧！你让我好好看看行不？"老张说："行，领导你好好看，我就在这等着，你看透了签了字我好拿走。"领导愣住了，不知道老张哪来的犯上的劲儿，望着老张说:"这字我必须得签?"老张迎着领导的目光:"必须得你签,我签不好使啊!"领导扑哧一下被逗乐了,说老张:"你这是逼宫啊!"老张也乐:"你说是就是,下笔旨吧!"领导摇头,无奈地拿起笔签了字。

老张抓宝似的赶紧从领导手中拿过材料,领导突然来了一句:"再喝酒别来烦我。"老张一愣:"领导看出我喝酒了?"领导一笑:"你不喝酒敢这么大胆来逼我。"老张笑说:"还不是让领导逼的,酒钱领导给报了吧!"领导说:"行,攒多了一块算。"

老张美滋滋地回来,喝了两杯浓茶,酒劲儿消了。酒劲儿一消,老张记起和领导毫不退让的言语交锋,老张呼地敲了一下脑袋,悔恨地说道:"又喝大了啊!"

面　子

人人都爱面子,普通职工老张却不在乎,随着时间的推移,老张当了主任,老张的面子也来了,面子有了,失去的是什么呢?

老张调到办公室做秘书时,小李已经在办公室做了三个月的秘书了,对老张来说,小李就是老秘书了。但老张年岁要长小李几岁,而且也不像小李大学毕业没多久,工作也没多久一样,小李对学生时代以外的一切还处在半生不熟的状态。已经在机关工作了好几年的老张把物品放在小李对面桌上后,就很热情地拉住小李的手

朋友啊朋友

说："李秘书请多指教，我这新来的对业务工作都不熟，请你多帮助。"小李慌忙接住老张的手，脸红红地说："张哥你可别这么说，我应该向你学习才是，我这刚上班几个月，啥都不懂的。"老张就哈哈一笑："相互帮助，共同提高。你我之间也别弄得客客气气的，你叫我老张就行。"小李说："你年龄比我大，我叫你张哥应该的。"老张说："也行，你叫我老张叫我张哥都行，我就不叫你李秘书了，叫你小李，这么叫显儿咱哥俩亲切。"

老张就和小李亲兄弟似的携手奋进，把秘书工作做得有声有色，很是受领导赞赏。老张毕竟比小李多混了几年机关，不像小李只顾埋头干活，不会找领导汇报工作成绩，每每有工作成绩时，老张总是要到领导那里汇报一下的，久而久之，老张的形象就在领导的心目中突出了。两年后，老张进步了，提拔成了主任，成了小李的直接领导。老张的任命宣布后，小李没有任何失落和不满，而是很高兴地祝贺老张。老张收拾物品，他要搬到主任办公室去，小李帮忙，小李说："张主任，我帮你搬吧！"老张就把手里的物品一摔说："叫老张，要么叫张哥，别叫张主任，听着生分。"小李望望老张，眼圈有些红，激动地说："张哥，我帮你搬吧！"

老张当了主任，小李还是秘书，虽然成了上下级，但两人依旧亲切，总是能看到和听到小李一脸亲切地叫着老张或张哥，老张也很痛快地答应着。

这天下班后，老张过来喊小李："来客人了，跟我陪酒去。"小李有些意外，要知道来了客人他这个秘书是很少能够陪酒的。小李就高兴地跟着老张来到了酒店。两杯酒下肚，坐在小李身边的客人说不喝了，小李跟客

第四辑 世相万千

人不熟，不知道客人是真不能喝了还是谦虚，小李就看老张，老张正和身边的另一位客人说着闲话呢，眼睛没往小李这边飘。小李就喊老张："老张，这酒怎么进行啊？"老张歪了一下头，只是往小李这边微微地歪了一下头后，又迅速地摆正了，没搭理小李的话。小李不知老张何意，老张应该是听到他叫他的，又喊老张："张哥，这酒怎么进行啊？"老张又歪了一下头，这次目光飘了过来，瞟了他一眼，又迅速地收了回去，同时摆正了脑袋。老张听到了他的话，但老张显然对他的喊话不愿意回应。这是什么意思呢？小李有些发怔。身边的客人看看小李一笑说："你们张主任说话呢，你得大点声喊。"客人把"张主任"三个字咬得很重。小李的心就扑腾了一下，脸有些发热，冲着老张喊道："张主任，这酒怎么进行啊？"话音未落，老张一下子转过头来，叫道："怎么了？刚两杯酒就耍赖了，太不给面子了吧……"

酒醉人散，老张和小李出了酒店，老张有些打晃，老张对搀扶着他的小李醉眼蒙眬地说道："小李啊，私下里没人的时候，你要叫我老张或张哥的，你不这么叫我跟你恼，但在有外人的场合，你要叫我张主任的，这是挣面子的，有外人在，你不喊我张主任，知道咱俩关系哥们儿似的还好，说我没架子，跟下属打成一片亲如兄弟，不知道的就得认为你不尊重领导的，出去免不了要讲究你，时间长了，就把你的名声弄坏了，影响你今后发展啊……"小李忙点头说："我知道了张主任，我今后一定注意。"

老张搬到主任办公室后，小李和老张单独相处的时间已经越来越少了，尤其是那次酒后，小李觉得单独看

朋友啊朋友

见老张的时候几乎没有过，有外人，小李就不能喊老张或张哥的，只能喊张主任。现在，不管有没有外人，小李只要看见老张就喊张主任的，因为小李已经习惯了。老张呢，似乎也已经习惯了小李喊他张主任，他也没再告诫过小李，他们单独相处的时候叫他老张或张哥。

嘴严

当秘书者，大多嘴严，小张秘书嘴就严，可当局长的母亲出现，嘴严的小张再也忍不住闭着嘴了，他热泪盈眶地冲局长喊了起来。

小张嘴严。小张是局长办公室秘书，当领导的都喜欢自己的秘书嘴严。

小张之所以能成为局长办公室秘书，给局长把门，靠的就是嘴严。局长的任何事情，小张看到了听到了都像没看到没听到一样。这不，局长刚刚领着一个瞧着很妖艳的女人进了办公室，他们从小张的眼皮底下过去，可小张连眼皮都没抬一下，像是根本就没有两个大活人从眼前经过一样。啥情况啥对待，如果是局长一个人过来，小张早都站起身来把眼睛睁得大大的，而且还要给局长送上一个谦恭的恰到好处的笑脸。总之一句话，怎么让局长喜欢就怎么做。

局长他们进里面去了，小张也知道自己下面该怎么做了。

第四辑　世相万千

局长的事多，领导嘛，事都挺多的，不一会儿就有四五个电话和两个人来找局长，小张说："局长不在。"对外面不认识找局长的人小张就说："局长开会去。"对本局和认识小张就说："局长出去应酬客人去了。"小张这么一说，找局长的人自然就走了，打电话的人听说局长不在也就不来了。局长逍遥自在了，自然会记住小张的好，这不，小张到办公室还不到一年，局长就已经说要提拔提拔的话了。

局长他们进去快一个小时的档儿，来了个头发花白的老太太，望着局长的门牌，犹犹豫豫地走过来。小张没见过，不认识，但一看就知道老太太是来找局长的。小张拦住老太太说："局长不在。"

老太太望一眼小张问："你们局长是王大贵吧！"

小张皱了下眉头，说："是，王局长开会去了。"

老太太问："啥时能开完？"

小张说："不知道。"

老太太说："那我等等吧。"说着老太太在一把椅子上坐下了。

老太太一坐下，小张就急出了一身汗。一般来人找局长，一说不在，立刻就走了，还从来没说在这等着的呢。老太太坐下一等，可是把小张闹个措手不及，担心一会儿局长他们出来，老太太还在，事情可就不好看了。小张倒不是怕自己的谎言被戳穿，是怕局长难堪，局长难堪自己的提拔还能有希望吗？小张忙过来对老太太说道："局长说不上什么时候能回来呢，您要有什么事，我可以给您转告一声。"

老太太说："我没事。"

朋友啊朋友

小张就不悦地说:"没事你找我们局长干什么?"

老太太说:"我就是想看看他。"

小张问:"你认识我们局长?"

老太太点了一下头:"认识。"

小张身上又冒出了一层冷汗。忙说:"既然认识,您留下个电话,等局长一回来我转告他马上打给您。"

老太太说:"不了,我还是等等他吧,我就是想看看他。再说,我也没有电话……"

小张纳闷地问:"您没事,就想看看我们局长,我们局长有什么好看的?"

老太太有些不好意思地笑了一下,说道:"他工作太忙了,总也回不去,我刚好退休,没什么事,就想来看他一眼。"老太太目光一闪,亮晶晶的,说道:"他官儿当得再大,不也还是我儿子。不怕你笑话,这人越老吧,心里还越惦记着。"

小张心咯噔一声,眼前的老太太竟是局长的母亲,可从来没听局长说过呀。小张忙说:"您老先回去,等局长一回来我就告诉他您来了,我想局长马上就会回家看您的。"

老太太忙摆手说:"不,不用,他不回去就是因为工作太忙,不能为了看我耽搁了工作,我等等他,能见上一面更好,一会儿我就该回乡下去了,要不就赶不上车了。"

小张一惊:"您住在乡下?您不是退休……"

老太太说:"我是个乡下的小学教师,你们局长上小学还是我这当妈教的呢。"

小张的心猛地被什么东西狠狠地咬了一下,很痛很疼。小张回望了一眼紧闭着的局长办公室的门，心里紧紧的。小张说："我给您老找个住处先住下，等局长。"

老太太已经站起身来，固执地说道："不了，可不能耽搁他工作，我也该走了，虽然没有看到他，但我知道他忙着呢就行了。"

泪水呼地一下子涌出了小张的眼眶，小张一个箭步蹿到局长办公室门口，擂着门冲里面哭喊道："局长，你妈来看你来了……"

清　雪

清雪是为了城市的整洁，却被整成了一场作秀。事与愿违，一场华丽的作秀弄巧成拙，成了反面典型，作秀的老张像冰雪一下冻住了。

雪下了一夜。

天一亮，县城里的一切便都披上银装了。县城很小，被银装包裹倒增添了股洁白的舒服感。这洁白虽然让人心里舒服，但这洁白也让人出行不方便了。街道上都是雪，早起的人和车在雪上行走，有些艰难，就盼着街道上的雪被快些清走。

以雪为令，全速出动！这是县政府给全县各单位的指令。只要下雪，各单位便要迅速行动起来，在雪停后的第一时间内把自己单位所承担的街道路面上的积雪清扫干净，确保行人和车辆畅通无阻。

朋友啊朋友

老张的单位是个小单位，单位小，分的清雪路段也少。虽然清雪路段少，但却在主要街道上，因此，局长老张很重视，每次清雪，都身先士卒带领全局员工抢前抓早地完成清雪任务。清雪任务完成的好，但老张并没有得到主管的李副县长的表扬，而且也没有在县电视台上露过脸，老张心里有些失落。老张就查找原因，很快就找到了，因为每次他们干得太快，在李副县长下来检查清雪情况时，他们已清扫完撤回了局里，李副县长自然看不到他们热火朝天清雪的场面，更不可能有他们清雪的电视镜头了，因为电视台的记者要跟李副县长在一起的。

找到原因，就有解决的办法。这次，无论如何也该让李副县长看一眼他们的清雪场面，上上镜头了。吃过早饭，老张立刻赶往单位。每次清雪，老张都身先士卒率先垂范，局里员工自然不好晚来，基本上都是在老张来之前就来了。老张到了单位，瞧人都到了，就抄起一把铁锹，一招手，奔赴了清雪路段。

到了清雪路段，不用老张招呼，局员们便立刻干了起来，倒是老张，没了往回的雷厉风行之劲儿，先是站那儿稳当抽了根烟，然后才慢悠悠地挥动起了铁锹。局员们看老张，疑惑局长今个儿怎么干劲不足了，但没人敢问，看老张慢悠悠地干，自然也跟着慢了下来。虽然干得慢，但路段上的积雪也渐渐地要清理完了，眼瞅着就剩下一小段没清理了，再加把劲瞬间也就完成了时，老张停下了手中越来越慢的铁锹，突然说道："停下，歇一会儿。"局员们就都停下来，望着老张，不解。再有三下五下就清完了，清完了就可以回局里，坐在暖屋

> 第四辑 世相万千

子里，喝水读报，哪怕工作忙得脚打脑后勺，也比在这马路上挨冷受冻强啊！办公室主任凑过来，小心翼翼地问老张："局长，大伙儿再一使劲儿就干完了，回局里歇着呗！"老张不理办公室主任的话，焦急地前后看了看，后退几步，与局员们拉开一点距离，然后打电话，给县政府办里的内线打。内线告知，李副县长正开个小会，会开完了就下去检查的，时间不好确定，但估计应该用不了多长时间。放下电话，老张想了想，把办公室主任叫过来，吩咐道："剩下的那点先不清，往回清。"办公室主任看看已经清理完的路面，不明老张说的往回清是什么意思。老张看了一眼路面说："不彻底，要清理得一点雪都没有。干吧！"办公室主任就犹豫着转回身去，跟局员们说了，局员们虽然不愿意，却也不得不在清理过的路面上慢腾腾地挥舞着工具。

一等等了半个多小时，老张终于接到了内线电话，内线告知：李副县长已开完会，并且出了县政府，应该很快就到你们那路段了。老张收起电话，立刻喊办公室主任："赶紧回到剩下没清理的那段，抓紧干！"说着，抄起铁锹，跑到没清理的路面，呼呼地干了起来。

李副县长的车过来了，老张眼睛瞄着李副县长的车呢。车渐渐的近了，已经能看清李副县长的眉毛眼睛了。车来到了跟前，老张时刻准备着放下铁锹迎接李副县长检查的。电视台的记者一定在车后座上坐着呢！但老张没想到的是，车竟然没停，从他们的身边嗖的一声过去了，车从老张的身边过去的时候，老张完全看清了李副县长的脸孔，李副县长的目光竟然没有看他们，而是望着远处，像是他们根本没存在似的。老张的心一下子摔

117

朋友啊朋友

到了雪地上。"哎，又白挨冻了！"老张恨恨地骂了一句，铲了一锹雪，狠狠地扬在了路边。抬头的一瞬间，老张看到已经跑过去的李副县长的车又倒了回来，老张冰冷的心腾地又热了起来。车停下，李副县长下了车，还有电视台的记者扛着摄像机，老张忙跑到李副县长跟前，刚要打招呼，李副县长已阴沉着脸冲他吼道："这是你们路段呀？你看看时间，你们怎么干活的？拖拖拉拉的，就这么点活到现在还没干完，还能不能干点什么的！"李副县长冲记者一挥手道："录下来，反面典型报道。"说完，上车走了。

老张一下子愣住了，像是被冰雪冻住了一样。

第五辑　凡尘一笑

　　今天你笑了吗？繁忙的生活让笑渐渐远离，笑已经成为奢侈品，这个奢侈品是廉价的，却不容易得到。笑有很多种，美好的笑是最为珍贵的，自然，最为珍贵的东西是很难得到的，那么，我们就去捕捉容易一些，哪怕是会心的一笑。这样的笑，在生活中比比皆是，只要我们去找，总是有的。

接　待

　　接待是一门学问，接待不好问题就很严重，乡政府秘书在数次接待中深刻体会到了乡长的接待高明之处，也看到一种诙谐的社会状态。

　　秘书进来，对乡长老张说道："明天农业局的副局长要来看一下咱们乡农业情况，谁接待陪同？"

　　老张抬了下头说："叫农业副乡长接待陪同吧！"

朋友啊朋友

秘书往外走，老张又说了一句："吃饭的时候我去敬杯酒。"

过了几天，秘书进来，对乡长老张说："明天工业局的局长要来看一下咱们乡工业情况，谁接待陪同？"

老张抬头看了眼秘书说："叫工业副乡长接待陪同的。"秘书往外走，老张又说了一句："去找一下李副书记，如果他能参加就以他为首接待陪同。另外，吃饭的时候，我陪着。"

过了几天，秘书进来，对乡长老张说道："明天周副县长要来看一下乡企发展情况，谁接待陪同？"

老张立刻盯住秘书说："我接待陪同。让主管乡企的副乡长、乡企办主任一同参加接待。"秘书往外走，老张叫住他问道："孙书记在乡里呢吗？"秘书说："好像在，没听说外出。"老张就拿起电话给乡党委书记老孙打："孙书记，周副县长明天要来看看咱们乡的乡企发展情况，我带着主管乡长和乡企办主任陪同检查，您看看中午吃饭的时候能过来吗？……好，我跟周副县长先说一声，吃饭的时候您一定会过来陪他。"

过了几天，秘书进来，对乡长老张说道："郑县长明天要来乡里看看，谁接待陪同？"

老张忙从椅子上起来，往外走说："我去找孙书记，我和孙书记一起接待陪同。"走了两步，老张回头对秘书吩咐道："问问郑县长秘书，郑县长要看哪方面情况，问清看哪方面情况就让哪方面分管副职参加。给饭店打电话，按县长规格安排，只准高不准低，明白了吧！"

第五辑 凡尘一笑

过了几天，秘书进来，对乡长老张说道："县政协有个委员明天要来咱们乡看看，谁接待陪同？"

老张没抬头说："看哪个副职明天不忙就接待一下吧。"秘书往外走，老张随口问了一句："政协委员叫什么？"秘书说道："李淑芬。"老张噌地一下从椅子上跳了起来，急忙往出走，边走边说："我去找孙书记，我和孙书记一起接待陪同。"走了两步，老张回头对怔住了的秘书吩咐道："告诉乡里班子领导，明天都参加接待陪同。"

秘书小心翼翼地问了一句："一个政协委员怎么比县长还重视呢？"

老张瞪了眼秘书道："你知道她谁呀？郑县长的爱人！你给饭店打电话，不，你亲自去趟饭店，告诉饭店，明天的接待规格要高。"秘书说道："我这就去，让他们按县长的规格安排。"老张摆了下手说道："县长的规格不行，我看，按市长的规格安排吧！"

汇 报

张明到乡里任职，近乎天天接待汇报，熟能生巧，一份汇报材料倒背如流，自作聪明的他不拿材料给领导汇报，等待他的将是什么。

张明到乡下任职乡长半年，做得最多的就是迎接县里领导和各部门的检查来访，不说天天接待，三两天

朋友啊朋友

总是要接待一伙的。不管谁来，乡里都要汇报，乡政府秘书老李给张明准备了一份汇报材料，材料包含乡里的基本情况，各行各业的工作情况，内容很丰富。每次县里来人来访，张明就拿着这份材料进行汇报，当然不会把材料里的内容都汇报了，乡里的基本情况是要说一下的，其余就看来的什么人，分管的行业，然后在材料里挑选相关的情况进行汇报。因为总来人，张明汇报的次数就很多，半年不到，张明已经把整份材料都能够倒背如流了。

这天，县政协来了个副主席，张明带着副主席参观了副主席要看的几个点，然后回到会议室进行汇报。张明没拿汇报材料，情况就在脑子里呢，张嘴就来，都不带打磕巴的。张明滔滔不绝地汇报了乡里的基本情况，又汇报了副主席事先要听的几个情况。张明汇报的时候，副主席一直看着张明，脸色阴沉着。张明汇报完了，副主席只简单地说了两句话，起身就要回县里。张明就懵了，这是从来没有过的。副主席来之前说了在乡里吃完饭再回县里的，饭也准备了，而且也到了吃饭的时间了，怎么突然饭不吃就要回去了呢？张明赶紧起身拦，言辞恳切，请副主席怎么着也得吃完饭再走。副主席口气很坚决地说："饭不吃了，回去还有个场合的，我这政协副主席，也算是二线人员了，有个场合不容易。下回吧，下回来一定在你这吃饭。"张明心里一沉，副主席这话里暗含着对他的不满啊！张明连忙说道："我哪里做得不好，你该批评批评，怎么着也得吃完饭再走啊！"副主席边往出走边说："挺好，挺好，我这不在主干线上，看看就行，看看就行。"说着就大步走了出去。终究没

第五辑　凡尘一笑

拦住，副主席上车走了。

　　副主席走了半天，张明还郁闷得没想出副主席为啥不满了的。老李过来，老李和张明这半年来处得十分好，有什么话都能抛开身份差别相互说一说了。老李凑到张明跟前说道："副主席不高兴了。"张明说："我知道，为啥呢？"老李说："因为你汇报的时候没拿材料。"张明怔了一下，望着老李。老李笑笑说："你看看电视新闻，凡是迎接检查来访，手里都拿着一份材料汇报的，有的汇报人其实跟你一样能把材料倒背如流，汇报的时候几乎不看材料，但手里却拿着材料的。为什么？因为有材料说明你准备了，充分的准备了，重视了人家的来访，而你不拿材料，不免就有些轻视应付之嫌了。"张明心里顿时明了，副主席拂袖而去，一定是因为自己没拿材料对其有轻视之嫌啊！张明敲了一下脑袋说："熟记反被熟记误了。"老李一笑说："一个材料，谁汇报个几十遍还不都印在脑子里了！"张明一声哀叹："下回可不能不拿材料了啊！"

　　怕什么有什么，张明又没拿材料。事情来的比较急，县长从乡里经过，突然叫司机开到乡政府，要看看。张明接到门卫电话，跑到楼下，县长已经下了车往里走了，张明连忙迎上，把县长迎到了小会议室。落座后，县长说："我打这路过，进来看看。"张明连忙表示欢迎，说跟县长汇报一下乡里情况，一说汇报，张明脑门唰地一下出了一层冷汗，汇报材料没拿。

　　张明赶紧给在一旁的老李使了个眼色，老李慌忙起身跑了出去。张明说了两句，老李就跑了回来，把材料放在了张明面前。拿到材料，张明舒了口气，气力通透

朋友啊朋友

地开始汇报。没想到，县长一摆手打断了张明，脸色十分不悦地说道："不听了，你都到乡里半年了，说一下乡里的情况还得拿材料照本宣科，你来这么长时间都干什么了……"

好借难还

老张借了老李的钱，还钱却成了难事。老李的钱是私房钱，还私房钱能明目张胆的还吗，老张的一声悲哀："还个钱咋这么难啊！"叫出了怎样的生活状态。

老张跟老李借了五千块钱。

那天，老张的父亲突发急病，送到医院告知需立刻住院治疗，交押金一万元。老张把家里的现金都揣来了，也就五千多块钱，还差一半呢！媳妇掌管家里的财政大权，可现在出差在外，打电话也没用，存折是她的名，老张取不出来。老张把父亲安顿好，就往外跑，琢磨着去跟谁借钱应急。刚跑出医院大门口，一抬头碰上了老李，老李从医院门前经过，老张眼睛一亮，就跟老李借钱吧，因为老李就近在眼前。老李和老张是棋友，同是象棋协会的会员，协会搞活动的时候，俩人都是积极分子，而且俩人下棋对脾气，交往的还算深一些。老张现在也管不得和老李交往有多深厚了，看见老李，认识，也算熟识，就是见到了救命稻草。老张一把拽住老李，把老李拽得一愣，定睛看清是老张，刚要说话，老张已

> 第五辑　凡尘一笑

经焦急万分，语气急促地跟他借钱了。老李听明白了老张因何急着借钱，正巧兜里揣着五千块钱呢，掏出来递给老张。老张抓过钱转身就跑，只甩给了老李一句话："过两天就把钱还你。"老李其实是要跟老张说句什么的，嘴打开还没说出来呢，老张就没影了。

两天后，老张媳妇出差回来了，拿出了钱，老张就想着赶紧把钱还给老李。老张知道老李工作单位，揣着钱就直奔老李的单位。老李工作所在是机关，很大的一个部门，人很多，老张打听了好几个人才找到老李的办公室。老张进了老李的办公室，老李有些意外，招呼老张坐，老张不坐，掏出钱来递给老李。正巧，有人来叫老李去开会，老李就怔了一下，把老张递钱的手推了回来，声色严厉地说道："你的事情我一定会秉公办理的，你这么做是对我人格的侮辱，请你收回去。好了，我还要去开会，请回去吧！"老李说着，推着老张出了办公室，留下发蒙的老张，跟着来的人开会去了。老张出来了还直蒙，这老李怎么个意思呀？正想不明白呢，手机来了短信，是老李的，老李的短信写着：你来还钱，他人巧见，只得婉拒，免生误解。老张明白了，老李这是怕人以为他收受贿赂呢！也难怪，他单位的人又不知道我和老李熟识，自己拿着一大沓钱往老李手里递，还不以为自己是来求老李办事情的呢！也罢，就别给老李找麻烦了，还是等老李下班后去他家里吧。老张知道老李家在哪的。

吃过晚饭，老张来到了老李家，是老李媳妇开的门。老李从屋里迎了出来，老张从兜里掏出钱递给老李说："这回没外人了，给！"老李呼的一下把老张的手捏住了，使劲儿往回推，嘴上不住地说道："老张你这是干什么？

125

朋友啊朋友

多大个事呀,你还给我送礼的,不行这个,不行这个,谁跟谁呀!"老李边说边往外推老张,还冲老张眨眼睛,老张就连忙往出退,稀里糊涂地退了出来。老张下了楼,正糊涂呢,老李的短信来了:我的私房钱,老婆不知道。知道必作闹,我也不宽超。老张扑哧乐了,这钱还的,又差点让老张难过。可钱不能总在我兜里揣着呀,老张就给老李发了个消息:半个小时后,在街对面的饭店门口碰面。老李回复:好的,一会儿见。

半个小时后,老张和老李见了面。老张望着老李笑,老李也笑,老张把钱掏出来,递给老李,老李伸手来接,刚刚碰到钱,唰的一下,钱在老张和老李两手间突然消失了,一个半大小子以迅雷不及掩耳之势抢去了钱,嗖嗖几下就跑没影了。老张和老李都被抢愣了,半天才醒过神来,哪还有抢钱的小子半点踪影啊!老张望着同样哭丧着脸的老李悲哀地叫了一声:"还个钱咋这么难啊!这钱我是还还是没还啊?"

一句话的事

话怎么说决定事怎么做。一句话说得没头没脑,事便出的稀奇古怪。小张就碰上了这么一句话,让小张的婚姻生活亮起了红灯。

小张和妻子出门,要去的地方有些远,打车舍不得,只好坐公交车。上了公交车,还不错,有座,妻子拉着

第五辑　凡尘一笑

小张并排坐,妻子坐里面,小张坐外面。公交车缓缓而动,小张闭上眼睛开始养神。养神养得正舒服呢,妻子捅小张,劲道很大,把小张捅疼了,小张睁开眼看妻子,妻子老大不乐意地给小张往外使了个眼色,小张转头看,就看见他的身边站了一个肚子还不算很大但绝对能看出怀孕了的女子,小张连忙起身让座。小张一起身没起来,妻子把他拽住了,拽得死死的,不让他起身,妻子脸若冰霜小声嘀咕了一句:"你看她的眼神。"小张就又看看怀孕女子的眼神,女子的目光直直地盯着他,是那种牢牢的死死地盯着他的,好像认识小张而小张假装不认识她似的。小张不认识她,但小张受不了她那股死死盯视的目光,赶紧把脸转向妻子这边。妻子不让他让座就不让座吧,瞧那女子目前的体态,坐与不坐也没有什么大碍的。

"你没看到我怀孕了。你装什么糊涂呀!"女子突然喝道,声音很响,但不是喊,是有些愠怒,是冲着小张说的,女人喷出的愠怒的气息直扑小张的脸。小张脸唰的就红了,一使劲挣脱了妻子还拽着他的手,慌忙地站了起来,离开了座位。怀孕女子不满地瞪了小张一眼,一屁股坐在了座位上。小张看妻子,妻子眼神怪怪的,明显看得出很恼怒,目光像两支利剑一样刺向他。小张忙把脸转向车窗外,心里埋怨妻子说:至于吗,我给一个孕妇让个座,也至于你吃这么大的醋。

车一停,小张妻子"噌"的从座位上站了起来,很是生硬地从坐里面挤了出来,奔到车门口跳下了车。小张一愣,车还没到他们想去的地方呢,想拽妻子也来不及了,连忙跟着跳下了车。小张跳下车,妻子已经气冲

朋友啊朋友

冲地走出很远了，小张撵上妻子，一拽妻子说："怎么了？不就让个座吗？"妻子就站住了，转过脸来，眼睛里闪着气愤的怒火，怒火的上面还覆盖着一层水珠。妻子冷笑一声说："碰巧了吧！你的孩子吧！"小张有些摸不着头脑，望着妻子说："怎么个意思？"妻子不笑了，冷冷地说："装什么呀！那女的是你相好吧，怀的是你的孩子吧！"小张哭笑不得，对妻子说："这哪跟哪呀！什么相好的，我根本都不认识她。"妻子表情坚决不信地说："别不承认，不是相好的能那口气跟你说话，这次我在身边，我不在身边早抱到腿上了吧！"小张脸就有些气恼的红，有些气恼地说："那女的我根本就不认识，你咋那么多疑呢！她说话的口气硬，就说明我们有关系呀！本来看到她我就该给她让座的，可你死拽着我不让动，惹恼了她，她才那么生硬说的呗！"妻子瞪着小张说："别装了，没关系她敢口气那么硬？也不是口气硬的事，是那句话，她为什么跟你说她怀孕了，为什么说你是装糊涂的？"小张好气又好笑，妻子的疑心真是太过于缜密了，小张说："她那么说不就是让我给她一个孕妇让座吗，你这都想哪去了。"妻子眼里的那层泪珠唰的就掉出来了，她哽咽了一声，说道："如果孩子不是你的，她怎么会对一个不认识的人说那种质问的话呢，她怎么没对别人说那种话呢，怎么偏偏就对你说呢！"小张的头都大了，小张气得直转圈，小张扯住妻子说："咱们现在就撵公交车，找那个女子让她说清楚。"小张伸手打车。妻子一使劲挣脱了小张，恨恨地说："你领着我撵上她她能承认啊！她想把你们的关系让我知道不早就明说了，何必说这种一语双关的话呢，不就是为了糊弄

第五辑　凡尘一笑

我吗！"小张一跺脚说："那我把她撵回来跟你说清楚。"小张上了出租车，一溜烟地向公交车撵去。

小张撵了三站地，把那怀孕女子撵上了，正巧女子下车，小张跳下车一把扯住了女子，把女子扯得直叫，小张忙说："别喊，别喊，我不是坏人，我是刚才给你让座的那个人。"女子就看出了小张，不快地说："干啥？"小张不好意思地说："你刚才让我给你让座，说的那句话让我妻子起疑心了，说咱俩不清不白的，跟我闹，我想让你去跟她解释一下，咱俩根本就不认识的。"女子就后退了一步说："咱俩根本就不认识呀，我跟你去解释什么呀！谁知道你是什么人啊？你真的是坏人怎么办？"小张连忙指天发誓说："我不是坏人，真的，我有身份证，你就去把那句话跟我妻子解释一下吧！"小张掏出身份证递过去，女子不接，女子说："身份证假的多了。"小张就哀求道："求求你了，你就跟我去解释一下那句话吧，要不然我妻子会跟我没完没了的。"女子哼了一声说："没完没了你也活该，一个大男人，看见孕妇连个座都不让，倒怪我跟你说了那句话来，不是有病吗！"说完，女子转身快步走去。小张刚撵了两步，女子喝道："你再纠缠我我可报警了。"小张就站住了，望着女子的背影好半天没动弹。

小张回到家，还没说话，妻子就狠狠地撇了下嘴，对小张说道："又借机亲密了半天啊！"小张一句话没说，无力地瘫软在了地上。

朋友啊朋友

口无遮拦

　　小张说话口无遮拦，相对象差点没把自己弄成流氓，痛苦的小张被哥们弄去按摩，没想到峰回路转，竟然有了意想不到的收获。

　　小张这人说话口无遮拦。文雅一点说，叫说话不过脑，用东北粗话说叫傻了吧唧。其实，小张还达不到傻了吧唧的程度，不过是话比脑子跑得快，话说出来了，脑子才转过数来，不该说的早都跑出一二百米了，想拽都够不着了，事情已经向不好的方向发展或已经发生了。

　　就说小张相对象的事，介绍人把小张和女孩牵到一块，相互介绍了一下后便借故离开了，想让他们两个年轻人聊。女孩叫小美，人如其名，长得很漂亮，是个十分好美好打扮的女孩，只不过打扮的水准有些偏颇，让人看着有些过分。小张还有点自来熟的毛病，认识个人用不上三五分钟，就跟认识多少年似的，这就促使了小张说话上的口无遮拦无所顾忌。小张和小美聊了几句后就有了相交甚久老熟人般的感觉，说出的话就比脑子跑得快了，把小美从头到脚又细打量了一遍，夸赞小美说："说实话，你确实挺漂亮的。"这话说得小美心花怒放，脸色绯红，哪个女孩不喜欢男的说自己漂亮呢！但小美只心花怒放了一半，便骤然心生怒意，绯红脸色倒是没半途而废，不过加深了，变紫红了。是气的。因

第五辑　凡尘一笑

为小张在说完她漂亮的那句话后，紧接着又说了另一句话："……但怎么瞧着都像个小姐似的呢！"小姐这词儿，放在过去，那是高贵的，是富贵人家女孩的美称，可放在今天，那就不算是什么美称了，跟一个女孩说人家像小姐，不是骂人呢吗。小张这句口无遮拦的话，就算是把小美骂了，小美还能不生气。小美一生气，笑意立刻撤退，怒气随后爬上来，这转换过程也是需要一点时间的，这点时间也让小张的脑子赶了上来，一看小美的脸色，小张知道自己的话又跑快了，他的本意并不是要骂小美的，不过是想说小美的打扮有些过于艳俗了，没比喻好，也还是没过脑。小张就慌了，忙跟小美解释说："我不是说你是小姐，我是说你的妆画得有些……"小美冷笑一声打断他的话："没看出来呀，瞧着挺正经的，连小姐都找过了呀！"小张一怔，急了说："谁找过小姐呀？你不能诬蔑人啊！"小美依旧冷笑着说："诬蔑你，你说你没找过小姐你怎么知道我打扮得像个小姐似的？一个男人，找了还不敢承认，还叫个男人。不过，我可不能跟一个找小姐的男人相处的，看着都恶心。呕！呕！"小美故作夸张地呕了两声，站起身来就走。小张慌忙起身来拽小美："我这人说话口无遮拦，真不是那个意思呀！""放手！要不我喊你耍流氓了。"小美怒声道。小张嗖地缩回手，眼睁睁木呆呆看着小美绝尘而去。

小张痛恨不已，恨不得给自己两个大嘴巴，把自己的嘴巴打肿，说不出话才好。嘴巴没肿，小张也说不出话了，介绍人把小张好一顿臭骂，骂得小张哑口无言，也忘了口无遮拦解释了。即使解释，介绍人也难给

朋友啊朋友

小张正身了，介绍人骂小张也不是信小张会找小姐，气的是，小张和小美见面之前，他都告诫小张说话别口无遮拦的，可小张还是没拦住自己的嘴。这次相对象口无遮拦的失败，让小张随即臭名远扬，谁都知道了，小张找过小姐的，想想，一个没结婚的青年男子，竟然去找小姐，谁能嫁？小张又不能满大街告诉人家他没找过小姐的，如果那样做，就让人不仅认为他道德上有问题，精神上还有问题呢！小张真是哑巴吃黄连，有苦说不出了。

一晃，两年过去了，一个帮介绍对象的都没有，小张正在向大龄青年的队伍挤去，小张就很烦恼很忧郁。何以解忧，唯有杜康。这词儿说的还是有一定道理的，小张就总是喝醉酒，喝醉了，还真就比清醒时少了忧愁烦恼。这天，小张和几个哥们儿喝酒，喝得差不多了，哥们儿撺弄小张去按摩，小张不去，他知道按摩的地方没几个正经按摩的，倒是真有小姐的。哥们儿不容小张不去，架着小张去了。到了按摩店，把小张扔在一个屋里，叫了按摩女，就各自去了别的屋。小张趴在按摩床上，醉眼迷蒙地说了一句："我只按摩，不做别的。"没想到床边的按摩女也说了一句："我也是，只按摩，不做别的。"小张就很惊奇，按摩女能说出这种话，还真是有些别致的。小张就转过头来看了一眼按摩女，感觉有些眼熟，好像在哪见过，就又细看了看，小张忽的一下坐了起来，指着按摩女叫道："怎么是你？"原来按摩女是小美。小美也看清了小张，怔了一下，脸有些红地说："你这来找第多少回小姐了？"小张就十分气愤地说道："我都说了，只按摩，不做别的。我从来都没找过小姐,我就是说话口无遮拦,当初跟你见面也是口无遮拦说错了话,你就出去埋汰我,所有人都以为我不正经,两年了连个介绍对象的都没有,我都快冤死了啊!"小美脸红红的不好意思地说道:"对不起,真是冤枉你了,你刚才醉眼迷瞪还能说这话,我就知道你真没找过小姐的。"小张恨恨地说:"我真恨不得找小姐呀!那样我也不冤哪!你冤枉我,你怎么干这个呢?"小美伸手打了一下小张,嗔怒道:"你别埋汰人啊,我刚才也说了,只按摩,不做别的。"小美叹了一口气说:"我下岗了,没找到别的活,先干这个吧!"小张望着小美说:"你有男朋友了吗?"小美摇了一下头:"像我这样打扮得像个小姐似的,谁都想要,可没谁会找我做老婆的。"小张脱口而出:"我想找你做老婆,我不在乎你打扮得像个小姐似的……"小张猛地捂住自己的嘴,死劲儿地捂。小美扑哧一乐,伸手把小张捂嘴的手掰开说:"说吧,我现在挺喜欢你口无遮拦的。"

来了个客人

领导的客人哪能怠慢。办公室的人为接待领导的客人迅速行动起来,一切安排得井井有条稳妥到位,可这个客人最终却不是他们以为的贵客。

领导来了个客人。省城的。

朋友啊朋友

客人路过，在这转站，想起领导在这，顺便看一眼。领导很高兴，让司机拉到一个僻静场所，要和客人单独聚聚，放下领导架子好好跟客人喝点酒。

客人不敢多喝，怕误了车。车票比较紧，好不容易买到一张硬座，误了，就得耽误一天，回去真有事情的。领导说："把你车票给我看一眼。"客人掏出车票递给领导，领导看一眼车次，唰地就把车票撕了，随手扔掉。客人大惊，急切地说："真有急事，必须得回去。"领导不慌不忙地说："还有两个小时呢，忙什么？我安排。"领导掏出电话打给副领导，言语简要："省里来了一个客人，两小时后的火车返回，安排一张卧铺。"领导啪地合上电话，对已被他话语气势震慑得发呆的客人说道："放心大胆地喝，到时间我叫司机送你去车站，可以了吧！"

副领导接了领导电话，不敢怠慢，立刻给办公室主任打电话："领导吩咐：省里来的一个客人，坐两小时后的火车返回，速安排一张卧铺票，要下铺。"

办公室主任接了副领导电话，不敢怠慢，立刻给办公室副主任打电话："领导吩咐：省里来了一个很重要的客人，坐两小时后的火车返回，马上安排一张下铺，再安排点土特产品。"

办公室副主任接了主任电话，不敢怠慢，立刻给事务办主任打电话："领导吩咐：省里来的一个贵客，要坐两小时后的火车返回，马上安排一张软卧，要下铺，准备一点土特产品，另外，再准备点矿泉水和水果。"

事务办主任接了副主任电话，不敢怠慢，立刻给车站办事处主任打电话："领导吩咐：省里来的一个贵客，

第五辑　凡尘一笑

要坐两小时后的火车返回，马上安排一张软卧下铺，准备点精贵的土特产品，备点矿泉水和水果，另外，跟车站联系好，把贵宾通道打开，客人走贵宾通道。抓紧安排，我马上就过去。"

办公室副主任给事务办主任打完电话，有些不放心，过了一会儿又给事务办主任打电话询问："事办好了吗？"事务办主任有些气喘地说："我在车站呢，刚要给你回电话的，已经全部办妥，只等客人到来了。"办公室副主任想了一下说："我一会儿也过去。"放下电话，立刻给办公室主任回了电话。

办公室主任接了副主任的电话后，立刻给副领导回了电话，告知已全部办妥。放下电话，办公室主任想了想：我还是去车站吧，领导的贵客，出了纰漏就麻烦了。

副领导接了办公室主任的电话后，立刻给领导打电话，领导关机了。副领导给领导司机打电话，司机说："领导跟客人正喝着呢！我进去告诉领导一声。"副领导很随意地问司机："什么客人啊？领导这么重视？"司机说："我也不知道，就知道是省里的，但瞧着跟领导关系不一般。"放下电话，副领导琢磨了一下：省里的，跟领导关系还不一般，领导这么重视，八成是个实权人物。想到这，副领导立刻喊老婆："你帮我瞧着点时间，一小时后我去车站，提醒我一下。"

两小时后，副领导、办公室主任、副主任、事务办主任及车站办事处主任来到车站大门口恭候客人。不一会儿，领导的小车开了过来，开到他们的面前停住，司机领着客人下来，司机问："车票呢？"车站办事处主任忙把车票递给司机，司机接过车票递给客人。客人接

朋友啊朋友

过车票,打着晃往车站里跑去,车已经进站了。所有人都有些惊讶地看着司机,副主任忙问司机:"领导没来送?这位是谁呀?"司机说了一句:"领导喝多了,好多年没见的一个同学。我也是刚知道的。"

所有人就都愣住了,呆呆地望着领导同学跑进车站,领导同学的背影消失了好半天都没回过神来。

打招呼

一个人的习惯养成了,改变很难,老乔就是这么样个人,他的打招呼既俗气又不分场合,被领导误解也在情理之中。

老乔是东北人。老乔从出生到二十岁一直在农村的广大天地下生活,从小耳濡目染了不少乡下人的习惯,比如说见面打招呼,老乔就不会像城里人那样问好,还是乡下人照面常用的那两个字:吃了!对方如果是乡下人便会回应一句话:吃了!这就相互问候问好了。如果碰见城里人,老乔这么问候人家,人家顶多对老乔点点头。

老乔后来出去念了几年书,回来留在了县城工作,县城也是城市,不同于农村,可老乔这人,还把在农村时的习性带到城里来用,而且还跟在乡下时一样,不分场合地点。想想,这不是自己给自己找难呢吗。

老乔这人,东北人的活雷锋精神很足,但东北人的

第五辑　凡尘一笑

坏习性也不少,就说睡觉吧,那是晚间不愿意洗脚,早晨不愿意起早。不洗脚行了,不起早能行吗?不起早注定早晨很匆忙,匆忙起床,匆忙洗脸,匆忙上班。到单位签了到,还要匆忙上厕所。老乔在家根本没上厕所的时间,只好天天到单位上厕所。话说这天老乔匆忙跑到单位,签了到就往厕所跑,之所以跑,一是因为急,二是因为不光他老乔有这个习性,单位许多人都有这个习性,因此早晨厕所就分外紧张,晚了抢不到地方,等着的滋味可是不好受的。老乔跑进厕所时,刚好局长拎着裤子开门出来,与老乔碰个照面,老乔这人还是比较尊重领导的,见局长总是要打声招呼,老乔忙冲局长一点头打了声招呼:"局长,吃了。"

局长一愣,不满地瞪了老乔一眼,哼了一声,走了。这工夫老乔还没在意局长的不满呢,蹲下了,才呼啦一下想起局长刚才瞪了自己一眼的,而且还哼了一声。老乔想,我也没得罪局长啊,局长怎么对我这态度啊。老乔就琢磨哪惹局长不满了,琢磨琢磨,呼啦一下想起自己进来时跟局长打招呼了,说的是:局长,吃了。老乔脑袋嗡的一下就大了,坏了坏了,就坏在这声招呼上了,也不是坏在招呼上了,平时碰到局长也打这招呼的,是坏在地方了,这是什么地方啊?是厕所,而且局长刚提裤子起来,你就对局长说吃了,局长能不恼你,放谁谁都得恼。何况局长让一个下属在这种地方如此问候,心理能舒服吗?虽然自己是习惯性无意识打的这声招呼,可局长会这么想吗?显然不会这么想的,局长瞪自己了,还不满地哼了一声,这说明局长生他的气了。局长对你一个小职员生气还有好,老乔脑袋呼的就热了

朋友啊朋友

起来。

老乔就热的乎的晕了，本来挺急的现在也方便不出来了，迷糊提着裤子就出来了。刚出来就听一女子妈呀一声，骂老乔："老乔你咋这样呢，你耍流氓啊！"老乔一激灵，自己提着裤子呢，腰带没系的。老乔造个满脸红，忙转过身哆嗦着把腰带系上了。

这一激灵清醒了不少，脑袋也降了点温度，老乔想局长生我气了，我应该跟局长解释解释，我也不是有意的，这不是多年来养成的一个习惯吗。

老乔就直奔局长室。

老乔光想着跟局长解释了，忘了敲门，推开局长室门就进去了。局长正拉开抽屉弄什么，老乔猛地推门进来，吓得局长腾地从椅子上站了起来。看清进来的是老乔，局长脸都青了，冷冰冰一屁股重重坐在了椅子上。

老乔一看局长那冰冷的脸，心里就虚飘的不得了，以为局长对自己那声招呼气得呢，忙说："局长，我不是有意的！"

局长突然一拍桌子，怒气冲天地冲老乔喊道："你不是有意是什么？你连门都不敲就闯进来你什么意思？你给我出去！"

老乔忙往外退，有些发蒙地说："局长，我就想跟您解释解释我没那意思，就忘敲门了。局长，我真没那意思啊！"

局长嘭一声把门关死了。

老乔晕晕地站在局长室门外，走也不是不走也不是，还不敢敲门，直打磨磨，心里不住地念叨着：局长，我真的没什么意思啊！

第五辑　凡尘一笑

老乔在局长室门口一转悠就是一个多小时，老乔想我不能走啊，不跟局长解释清楚我不能走啊，等局长开门出来我还得跟他解释清楚啊，我真没别的意思啊！就是习惯了嘛！

正想着呢，局长室的门突然开了，局长一探身出来了。老乔一愣，忙冲局长一点头打了声招呼："局长，吃了。"

老乔呱唧摔倒在地。

当领导的理由

儿子的理由很多，都是想当领导衍生出来的理由。理由看似可笑，实则现实，正如儿子所说的：如果我现在是你的领导，你敢打我吗？理由多充分。

儿子学习很好，以他现在的成绩考上大学是没有问题的。有一天我问儿子："大学你准备念什么？"

儿子不假思索地回答我："政治。"

"政治？"我有些惊讶。"你不觉得搞政治很没意思很枯燥吗？"我说。

儿子笑了，望着我说："那是你没当领导，所以你觉得没意思很枯燥。"儿子的话让我有些脸红，在机关里混了快一辈子了，还是个小科员。

我说："那你从政的目的就是当领导了。可是，我看我们单位的领导一天忙忙活活的，也没看出什么

朋友啊朋友

好来。"

儿子说:"你看见的只是一个侧面,我已经对你们单位的领导做过调查了,因此,想当领导我是有理由的。"

"理由？什么理由？"

儿子说:"我不喜欢做饭。"

我纳闷:"这算什么理由。当领导跟喜不喜欢做饭有什么关系？"

儿子说:"据我调查,你们领导一周之内在饭店吃了十八顿。十八顿说明什么？说明除了中午和晚饭不用在家做着吃以外,还有四天早晨也不需要做早饭。"

我反驳说:"这个理由不充分。因为这段时间来的人比较多,领导自然要陪吃陪喝的,在家吃饭自然就少了。"

儿子说:"我还不喜欢洗衣服。"

我望着儿子:"这也是理由？"

儿子反问我:"你们领导洗衣服吗？"

我还真没见过我们领导洗衣服,但这不能说明我们领导在家不洗衣服。

儿子看出了我的心思,说:"你们领导的衣服是要拿到洗衣店干洗的,都是必须干洗的好衣服,而且,每次都是你们领导秘书送去洗的。"

我说:"这理由听着就更不充分了,你不当领导同样可以挣大钱,有了钱你也可以买只送洗衣店干洗的好衣服呀！"

儿子又笑了,说:"能干洗的衣服还不得有人跑腿去洗,我不当领导还不是得自己跑去洗。"

我有些气恼地说:"这么说不愿意走路也是你的理

第五辑　凡尘一笑

由了。"

儿子立刻说："对呀！坐车多舒服呀。当领导不仅是有车坐，而且还不用自己劳神去开。我们学校一到放假时，开车来接的多着呢，有说我爸开车来接的，有说我爸派车来接的，你说，哪个听着有气派。"

我当然知道派车来接的有气派。我还知道坐车上班比骑车上班更有气派呢。我一时不知怎么来反驳儿子。

儿子看我不说话了，就有些得意地对我说道："老爸，你不是领导，你就没有地位，在单位没地位，在家也自然就没地位。我妈对你的态度从来都不好，连笑脸都很少给你，可我妈一看见他们单位领导那脸立刻就笑成一朵花似的了。"

我心有不快，但还是说道："你妈那是假笑，在家里用不着的。"

儿子说："别管真笑假笑，看笑脸总要比冷脸舒服的吧！如果你是个领导呢？你再看我妈对你笑不笑。她不笑，你也不用在家看她的脸色，完全可以毫不费力地在外面找一个对你笑的嘛……"

我抬手给了儿子一巴掌："你整天想的什么呀？乱七八糟的。这就是你的理由。"

儿子捂着脸，不服地望着我嚷道："如果我现在不是你儿子，而是你的领导，也跟你说这话，你敢打我吗？"

我的手立刻麻木了，不由自主地回缩着。

这倒是一个很不错的理由。

141

朋友啊朋友

抢　劫

抢劫每天都在发生，抢劫的结果各不相同，当我们面对抢劫时，该怎么做？人性在抢劫面前又是怎么的不堪呢。

长途客车出了市区，走了不到五十公里，就进入了山区。一进山区，路上的车辆就明显稀少了，有时很长时间都看不到一辆车迎面而来或者从后面超越过去。车窗外除了山还是山，而且光秃秃的，绿意稀疏淡薄，实在是没什么景致可看。因为没有景致可观赏，车内的人就很无趣，渐渐地便都昏昏欲睡了。

这时坐在车前面座位上的三个男人站了起来，其中一个快速地走到司机身边，唰地亮出了一把尖刀，司机一惊，知道有人打劫了，他看了一眼后视镜，有两个男人已开始一个座位一个座位地抢劫钱财了。司机想做点什么，可身体刚动了一下，尖刀已经顶在了他的腰上，他知道他什么也做不了，只能老老实实地开车，不能停车，不能起身搏斗，如果他停车或起身搏斗，尖刀就会飞快地插进他的身体，那样的话，车就会掉进山涧或撞到山上，一车乘客的生命都会丢掉的，而不止他自己的生命。

有乘客挣扎着叫了两声，声音不是很大，是极不情愿恐惧地叫了两声，他的钱包已被手握尖刀的两个劫匪抢去了。所有的乘客都清醒了，没法不清醒，遇到抢劫

第五辑 凡尘一笑

的,清醒已是次要的了,恐惧已经飞速地占据了每个人的心里。两个劫匪从前往后一个座位一个座位地抢劫着,有人在劫匪到来时,乖乖地快速地把钱包递给了劫匪,或扔在劫匪拎着的袋子里;有人不想把钱财给劫匪的,在劫匪来到跟前时,捂着口袋一脸哀求地望着劫匪,渴望劫匪能够突发善心,放过他视之生命的钱财,但当尖刀在他的眼前一晃后,他便连忙把钱包拿了出来。在尖刀面前,他还是能够清醒地认识到钱财不是生命,起码现在不是,它是能够要命的。

劫匪很顺利,没有人反抗,挣扎抗争的也是象征性地挣扎抗争了两下便投降了。这助长了劫匪的嚣张气焰,抢到车中间座位上的一个美女时,一个劫匪动了邪念,在美女把钱包哆哆嗦嗦扔进他手中的袋子后,他一把抓住了美女的手,抚摸着,淫笑着拽下美女手中的金戒指,又把手伸向美女嫩白的脖子,摩挲了两下,才一把扯下美女脖子上的项链。已经泪流满面抖得筛糠般的美女长出了一口气,她想终于过去了,她所有的钱财都已经到了劫匪手里。可没想到,劫匪的手再次伸向了她,向她的胸口伸了过来。美女迅速地不由自主地两手抱紧了胸部,拼命地向后面退缩着,哭泣着哀求道:"求求你,求求你了……"劫匪抬头看了一眼其他乘客,其他乘客立刻把目光移开了。劫匪大胆地向美女扑去。

"住手!"一声怒喝,从车后面的座位上猛地站起来一个瘦弱的男子,冲着劫匪大喝了一声。两个劫匪都怔了一下,看着司机的劫匪也回过头望着瘦男子。劫匪松开了美女,手里的尖刀指着瘦男子凶狠地骂道:"怎么,想英雄救美呀?活腻了吧!"说着,两个劫匪向瘦

朋友啊朋友

男子扑来。"别动，我是警察！"瘦男子又是一声大喝，迅速地从腰后掏出一把手枪，黑洞洞的枪口直对着劫匪。劫匪一下定住了，望着黑洞洞的枪口神色慌乱，握刀的手有些颤抖。"把刀放下！"瘦男子喝道。劫匪没动，目光散乱地从瘦男子身上向四周跑去，他们在考虑是否抓个乘客挡在身前的。"动我就开枪！不信？看看是你们快还是子弹快。把刀放下！"瘦男子看穿了他们的想法。"把枪放下，不然我就杀死司机。"看着司机的劫匪说话了。"你两个兄弟在我的枪口下，你把刀放下，否则我开枪打死他俩。你们可想好了，你们现在还构不成死罪，别就这么把命丢了，不划算。"瘦男子的这句话击中了车中间的两个劫匪，两个劫匪立刻把手中的刀扔在了地上，扭头冲看着司机的劫匪喊道："大哥，把刀放下吧，我们不想死啊！""不行，放下刀也好不了，进去不死也脱层皮，快把刀捡起来。"看着司机的劫匪大叫道。中间的两个劫匪犹豫着。"好吧，今天算我失职，你别伤害司机，我放你们走。"三个劫匪近乎异口同声说道："真的？"瘦男子说道："真的，以后我会抓到你们的。"看着司机的劫匪干笑了两声，叫司机停车。

看三个劫匪跳下车，向山里跑去，瘦男子冲司机大喊一声："快关车门！快开车！"说完，一下子瘫坐在座位上。司机立刻关上车门，开动了车。乘客们长吁了一口气，激动地望着瘦男子。突然有人叫了起来："钱啊！我的钱啊！你这警察怎么不揍劫匪呢？你什么警察呀？劫匪把钱都拿走了啊！"原来劫匪扔下刀的时候，挂在手上的袋子没有扔下，跳车逃跑的时候把袋子拎了下去，

第五辑　凡尘一笑

竟没有人想起来。所有人的目光便都怨恨地射向瘦男子，指责瘦男子不配当个警察。虚脱的瘦男子缓过点劲来了，苦笑了一下说："我根本就不是警察，我也是没办法才装警察的，不能看着劫匪害人吧！"车厢内立刻鸦雀无声，所有人都倒吸了一口冷气，有人小心翼翼地问瘦男子："你不是警察，你怎么有枪呢？你不会是杀人犯吧！"此话一出，所有乘客都往后缩了一下，好像瘦男子真的就是个杀人犯似的。瘦男子把手里的枪晃了一下说："什么杀人犯？有见过杀人犯救人的吗？这是把玩具枪，我给我儿子买的。我一时情急，就把它掏出来了，没想到还真唬住了劫匪。"

"啊——"几个乘客同时发出了惊叫。车厢里立刻骚动起来，乘客们相互看了看，把目光利剑般刺向瘦男子，冲着瘦男子气愤不已地叫道："你这不是拿我们生命开玩笑呢吗！万一劫匪看出是假枪，发怒了，伤害你不说，伤害我们怎么办？你这人怎么这样啊？有你这么干得吗……"

演讲稿

小张见义勇为的英雄壮举，被树立为道德风尚的活教材，让小张演讲，一份演讲稿，写得小张比见义勇为都难。

工人小张下夜班回家，半路碰上了个劫道的。劫道

朋友啊朋友

的劫的不是小张，而是一个瘦弱的女子，女子的呼救声让小张血脉冲涌，小张就勇敢地向劫匪冲了过去。

第二天，厂子里就都知道了小张见义勇为的英雄壮举。这年头见义勇为的人都像大熊猫般稀少了，厂长立刻把小张"举报"到了县政府。县领导很有头脑，这不是提倡和提高民众与不法分子做斗争树立道德风尚的活教材吗！立即指示开表彰会，让小张在会上演讲，用事实证明邪不压正。

小张知道这个消息很兴奋，也很胆怯。兴奋的是自己迅速被万人瞩目，胆怯的是在万人瞩目下演讲。小张从来没有在人多的场合讲过话呀！小张正胆怯呢，组长来找小张，组长拍了一下小张的肩膀说："抓紧写个演讲稿，写完给我看看，行了好给科长送去，他要审的。"小张挠头说："写啥呀？讲啥呀？"组长一瞪眼说："你干啥了你不知道啊？现在就写，就半天时间。"组长把小张拽到了一个空屋，纸和笔都在桌子上放着呢！组长把小张拽进屋，就出去了，还把门在外面给锁上了。小张冲着门外的组长喊："别锁门啊！我有尿了怎么办啊！"组长在外面一嗓子："憋着，啥时候憋完啥时候尿。"

小张就在屋里憋，憋了小半天，总算憋出了一篇演讲稿。

组长很认真地看小张的演讲稿，组长说："行，很好。不过……"组长看了一眼小张，犹豫着说："你看，能不能把咱们组在演讲稿里说一下。"小张就有些发愣，望着组长。组长说："你看啊，见义勇为的事是你自己做的不假，但这与平日里咱们组对你的培养有没有点关系呢？我觉得应该有点关系的，一个人的成长是

第五辑　凡尘一笑

离不开集体帮助的。"小张就有些开窍了，点头说："对，对，我这就写上。"小张就在演讲稿上写道：正是在组长的领导下，在我们组全体成员的帮助下，我的思想有了极大的提高，才敢于面对歹徒……"组长的脸上一片笑容。

组长领着小张来到科长办公室见科长，科长在接过演讲稿的同时与小张亲切握了手，表扬了几句。表扬过后，科长开始审阅演讲稿。科长看得很仔细，科长的眉头不时地皱一下，皱得一旁的组长和小张心里七上八下的。科长看完，抬头看看小张说："总体还可以，就是有些过于生硬，多少再润色润色。"科长目光一转，盯在组长的脸上说："你这组长领导得很好啊！组员也帮助的不错呀！让小张不断进步。我这科长对你们工人就没有指导好啊！"

组长的脸唰地就红了，忙说道："科长指导得绝对好，小张演讲稿写得太粗心大意了，怎么把科长落下呢！小张，赶紧写上。"组长拽了一下小张，使了个眼色。小张忙拿过演讲稿，在演讲稿上写道：正是在科长的指导下，在组长的领导下……科长看看演讲稿说："走吧，给厂长看一眼。"

厂长迅速地翻看了一眼演讲稿，厂长笑着对小张说："看来，我这厂长没有科长和组长对你关怀的多呀！"小张一激灵，拍了一下自己的脑袋说："我把厂长您写落下了。"忙拽过演讲稿，写道：正是在厂长的关怀下，在科长的指导下，在组长的领导下……

表彰会召开了。小张在会上作了激情澎湃的演讲。会一散，县领导就把厂长叫到了办公室，十分不悦地批

朋友啊朋友

评厂长说:"你们搞什么?厂长关怀科长指导组长领导的,这个光也沾,好意思啊?"厂长的脸腾地红了,慌忙说道:"演讲稿是小张自己写的,我们没看,没把关,我们失职啊……"

捡了个屁

拍领导的马屁司空见惯,可捡领导的屁却是少见,小张捡了,却没乐起来,因为再次捡屁时,没捡好,屁炸了。

正在开会。突然就响了个屁。

这屁不是哑屁,但也不是响亮的屁,声音很轻,只有靠的近的人听得到远处的人听不到,但味道很快就都闻到了,是个臭屁。

会议室里就有些骚动。

会议室不大,臭屁的味道在会议室里弥漫,开会的人没有怨气才怪呢!有人开始小声抱怨了,抱怨也是传染的,很快抱怨的人多了起来,并且开始追踪臭屁的发源地,寻找施放臭屁的肇屁者。人们开始追踪溯源,目标渐渐地推向了坐在会议室中心位置的局长,难道是局长放的?所有人的目光都带着一股疑问投向局长。局长的表情有些不自然,讲话也不像先前那样的流畅,这种迹象表明,局长放了这个臭屁的可能性的概率是很大的,甚至可以确定就是他。难道还真是局长放的呀!

第五辑 凡尘一笑

"对不起大家,我坏肚子了,污染了会议室的空气。"就在大家都确认是局长放了臭屁的时候,坐在局长后面的科员小张突然站起身来,面色微红地说道,并且边向外面走边说:"我得出去解决一下。"会议室里的人轰的一下子笑了,都把目光射向小张,抱怨声转换成了轻松的笑声:"吃什么了?放屁这么臭啊!"局长也微微一笑,指点了一下小张说:"你小子,有屁不早点出去放。"小张又连忙道歉,赶紧跑出了会议室。

小张回到家,脸上喜洋洋的,媳妇看看小张说:"瞧着挺乐,捡到钱了?"小张笑着说:"钱倒是没捡到,捡到了个屁。"媳妇一乐说:"捡到个屁还乐成这样,啥屁呀?"小张一看媳妇说话的口气就知道媳妇以为他开玩笑呢,忙认真地对媳妇说:"是真的,真捡到个屁。"媳妇看看认真的小张,有些吃惊地说道:"有捡到钱的,有捡到物的,还没听说过捡到过屁的呢,这什么呀?"小张一笑说:"今天开会时,我们局长放了个臭屁,我正好坐在局长身后的……就把它揽到了自己身上,你说是不是捡到个屁的。"媳妇听得目瞪口呆,半晌才说:"你捡到这个屁有什么用啊?让同事们嘲笑你舒服啊!"小张点点媳妇脑门说:"弱智了不是,我不把这个屁捡起来,局长的脸往哪搁。我这是给局长遮丑,局长嘴上不说,心里还不得谢我,瞧着吧,我的好运要来了。"

媳妇眼睛一闪一闪的,说:"真的吗?捡个屁都能有好运的!"小张重重地点了下头说:"当然。但也得看捡个什么屁。"

一个月后,小张的好运真的来了,局长提名小张前进一步。局长提名,没有人反对,开始考核,然后进行

149

朋友啊朋友

公示。小张回到家，抑制不住喜悦一把抱住媳妇说："我说什么来着，这个屁不白捡吧，已经开始进步公示了，公示一结束，我就前进了一大步啊，这比我预想的要早好几年呢！"媳妇自是欢喜，搂着小张说："再接再厉，有这种屁多捡几个，然后前进前进再前进，进步进步再进步。"

小张进步公示结束的前一天，局长召开了一个会议，谁也没想到，开会的时候，局长突然放了个屁，这个屁不是哑屁，也不是声音小得只有靠近跟前的人听得到的屁，而是很响，响屁一出来，所有人就都愣住了，目光刷地落在了局长脸上，局长的讲话也停止了，他没想到自己这个屁会这么响，这个屁他本来是悄悄放的，即使有臭味，他也不害怕下属们会嘲笑他，因为小张就坐在他的身后，臭不可闻时，小张一定会顶上来把屁捡去的，可没想到，事与愿违，这个屁响了，很响，就在他的屁股底下炸响了，他想不声不响的送掉都不行了，局长就尴尬地一笑，对望着他有些发愣的下属们说道："对不起啊……"

"对不起，我坏肚子了，影响了开会。"局长身后的小张突然站了起来，十分抱歉地说道。所有人就全怔住了，这个屁明明是局长放的，所有人不仅听到了而且是看到了，局长也开始承认了，小张怎么突然站起来道歉呢，这个屁也不是他放的呀！小张往出走，边走边说："我得出去解决一下。"没有人说笑，都怔怔地看着小张走了出去。小张出去了，所有人的目光又都投向了局长，一脸的疑惑。局长脸色铁青，把手里的茶杯用力一墩说："散会。班子成员留下。"

▶ 第五辑　凡尘一笑

小张回到家，媳妇看小张垂头丧气哭丧着脸问道："怎么了？"小张悲叹一声："完了，我又原地踏步了。"媳妇惊讶地问道："进步公示不都快完了吗，咋的了？"小张凄凉地一笑说："又捡了个屁，没捡好，炸了。"

朋友啊朋友

第六辑　大梦方觉

> 很多事情做过了，或对或错才如梦初醒。这就是生活，不可能先知先觉。生活赋予我们的，永远是未知，这就是过活。过活是很难的，既要小心翼翼，又要承担过错，好在，大多数人都还过活得不错，自我感觉良好，虽然不满意总是充斥在生活之中，但不影响整体生活。只不过，在睡醒之后，有些悔意罢了。

放　松

暑假是让学生放松的，却成了学生的另类苦难，妹妹领着外甥去旅游，却没有放松身心，外甥的酸楚是现今多少学生都存在的啊。

暑假开始，妹妹决定带外甥去旅游。妹妹说：孩子上了一学期学了，出去溜达溜达，让孩子放松放松。我们都表示赞同，现在的孩子，哪还有放松的时间，上学

第六辑　大梦方觉

比民工干活都累，趁着放假，出去放松一下，也是对孩子身心健康的补给呀！

妹妹和外甥出发前，我去接她们，送她们去车站。来到妹妹家，一进屋，便听到妹妹在训斥外甥，上小学五年级的外甥撅着嘴不情愿地往背包里塞着书本。妹妹看到我，抱怨说："这孩子，真是越来越不听话了，让他带点书本还不愿意了。"我说："出去旅游，带书本干什么呀？哪有时间学习啊！"外甥听到我的话，苦着的小脸立刻笑开来，喜眉乐目地望着我，往背包里塞书本的动作也停了。妹妹一看外甥停止了装书本，立刻严厉地叫了一声："你痛快装行不？还想不想去了。"妹妹把头转向我，反驳我说："怎么没时间学习啊，坐车的时候，晚间回到宾馆不都能学习吗！我这领他出去溜达，你看看他们班有几个孩子出去溜达的！不都在家上补习班呢吗！他自己还不长点心眼，趁不看风景的时候学习学习，不用点心不抓紧，这一暑假得让同学落出去多远啊。"妹妹说的也是实情，现在的孩子，小学三四年级就开始上各种补习班，星期六星期天上，寒暑假上，不上都不正常了，孩子不一定害怕被同学落下，家长可是真怕呀！我说："那就少带点，出去主要是放松放松，别带太多了，孩子也做不完。"妹妹说："没让他带太多，他是一点都不想带的。"外甥刚刚放开的愁眉苦脸立刻又收紧了，无奈地往包里塞着书本。我过去把外甥的背包拿起来，往下拎，一拎挺沉，我说："咋这么沉啊？装多少啊？"外甥回头偷看一眼他妈，小声说了一句："这就够少的了，差点没都带上呢。"我说："这背一道也累你个够呛啊！"外甥一笑说："这比我上学背的少多了，知足吧！"说着，

朋友啊朋友

从我手里抢过背包，背到自己身上，兴奋地喊了一声："出发了！"妹妹立刻叫道："看到没有，一说溜达去，高兴得鼻涕泡都出来了，一说学习，立马就打蔫了。"

把妹妹外甥送到车站，上车时我嘱咐外甥："好好玩儿啊！回来给舅舅讲讲。"外甥毕竟是个孩子，从家里出来到车站这一路就十分兴奋，早把他妈妈让他带书本的不愉快抛到九霄云外去了。外甥乐呵呵地对我说："舅舅，我回来一定给你讲一讲我看到的漂亮景色。"外甥边说边夸张地两手划了一个大大的圆，好像他要看到的风景可以用很大很大来形容的，他的这一动作，把上车的旅客都逗笑了。

一晃，妹妹和外甥出外旅游回来了。我去车站接她们，一下车，就看出外甥不是很高兴，我问他："好像玩儿的不开心啊！风景不迷人吗？"外甥抬头看看他妈，妹妹正在整理行包，没注意我问他的话，外甥小声说道："竟惦记着写作业了，看啥都没记住，这一道竟挨训了。"整理完行包的妹妹听到了外甥最后这句话，立刻对外甥说道："还竟训你了？你自己看看一道写了多少作业？人家都在家补习呢，你出去溜达，还不抓紧点时间学习……""一路上都是这句话，你再别带我出去旅游了！"外甥突然叫道，他的眼里瞬间汪上了一层泪水，一耸背包，自己向出站口走去。

我和妹妹都愣住了。妹妹突然就很委屈地说道："你看看，我这领他出去溜达还溜达错了！"我拎起行包，赶紧撵上外甥，外甥把头歪向外侧，他一定是怕我看见他眼里的泪水。我摸摸他的头，心里有些酸楚，不知该对他说什么……

第六辑　大梦方觉

荒芜

进了城的老张把荒芜的花池子种上了菜,却没有得到心情的快乐,没有人去薅菜,有的只是异样的目光,老张最后的话:"还是荒着好。荒着,人心就都不慌了!"让人心痛。

老张被儿子从乡下接到了城里。

老张的儿子在城里混得不错,买了楼房,接老张到城里住楼房,让老张享享福。老张很高兴,高高兴兴地跟儿子进了城。

进了城的老张没高兴几天,就郁闷了。不是儿子儿媳对他不好,不好能接他进城吗!也不是看不惯他多年养成的习惯:饭前便后不洗手,不洗脸不刷牙就上床。而是老张自个儿郁闷了。儿子问郁闷的老张:"爹,咋了?哪不舒服?"老张一声叹息:"没不舒服。"儿子就笑:"没不舒服你苦个脸唉声叹气的。"老张就又一声叹息:"这城里有什么好啊?哪哪都硬邦邦的,连地气都接不上。"儿子就笑:"这就是城市与农村的区别。都像咱屯子那样,一下雨一摊泥水,走不走人了。"老张说:"走人的道硬着就行了呗,那不走人的咋也都硬上了。连点泥土味都没有。"儿子就解释说:"干净嘛!你想闻泥土的味,楼下那不是有花池子吗!"老张就哼了一声:"那也叫泥土,砖头水泥圈起来巴掌大的一块地儿,哪有一朵花呀,净是杂草。"儿子说:"这院子是大家的,

朋友啊朋友

不是自家的，谁肯花钱种花呀！这楼区现在还没物业，花池子不荒着还能咋的？"

老张眼睛就一亮说："那我收拾收拾种点菜行不？"

儿子一愣，犹犹豫豫地说："应该行吧。"

老张立刻下楼，手脚并用，片刻就把杂草清除干净了。又去买了一把小铲子，细细地把泥土翻了一遍，从楼上拎水浇透了。阴干了一下，就去买了小白菜水萝卜菜的种子，种进了泥土。

老张热火朝天忙碌这一切的时候，很多住户都围了过来，看老张忙碌，脸上有些惊奇，问老张做什么。老张乐呵呵地说："种菜。"住户们一怔，摇着头笑，冲着老张儿子住的楼层指指点点，嘀嘀咕咕的。老张听不清他们说什么，也朝儿子的楼上看。儿子在阳台上，儿子看到了住户们指指点点嘀嘀咕咕的，儿子就在阳台上冲老张喊："爹，你上来吧！"老张回应儿子道："快了，这就种完了。"儿子的声音就高了起来："爹，你快上来吧！"老张嘴上应着："完了，完了。"手上不停地忙乎。儿子看老张不停手，就从阳台上消失了。老张儿子很快就出现在了老张面前，儿子拽起老张就走说："上楼吧，吃饭了。"老张拍了拍手，种子都种下了，老张说："用不了几天，这菜就出来了。"儿子拽着老张的手劲儿很大，几乎是把老张拽上了楼。老张不高兴地说："你用那么大的劲儿拽我干什么？"儿子说："失误啊！我不该让你在花池子里种菜的。"老张说："失误什么呀？我在花池子种菜怎么了？荒着也是荒着，我还能有点事干，要不闷死我了。"儿子就苦笑说："你没看那些人指指点点的吗？"老张说："看到了，他们嘀咕什么呀？

第六辑　大梦方觉

也听不清的。""还能嘀咕什么,指定是说我和您儿媳妇对你不好,不给你买菜吃,逼得你去种菜的。""什么?他们怎么能这么想你们呢!不行,我得下去跟他们说一说。"老张气得就要往下走。儿子一把拽住了他:"别去了,你去说,他们又该以为我逼着你去跟他们解释的呢,您儿子儿媳在他们眼中可就成恶男刁妇了。"老张直跺脚:"怎么能这样呢!他们怎么能这么想呢!这可咋办呀?"儿子叹口气说:"别再下去看你种的菜了,别管了,不浇水也长不出来的。"老张就十分痛苦地说了一句:"不管了,不能让你们受屈儿的。"

老张没想到种的菜自己不管了,老天爷倒是管上了,一天一场小雨的,他种的小白菜水萝卜菜就很滋润地出了头,蓬勃地生长起来。一看菜都出来了,老张坐不住了,偷偷地下楼,侍弄起来。在老张的侍弄下,花池子里的小白菜水萝卜菜长得葱绿一片,老张的心情也郁郁葱葱的。

花池子里的菜可以吃了,老张在楼下晃荡了一小天,告诉每一个进门出门的住户:要吃小菜就薅啊!可每个人都只对老张笑笑,没有人去薅菜。老张就很郁闷地上了楼。

儿子回来了。儿子的手绿绿的,沾满了菜汁。儿子的脸青青的,没有一丝好气儿。老张看看儿子的手,又看看儿子的脸,跑到阳台上往下看,就看到了花池子里的小白菜小萝卜菜都被薅了下来,它们鲜嫩的身躯支零破碎,撒得哪里都是,惨不忍睹。老张的心口就猛地被撞击了一下,痛痛的。老张转回头看着儿子问道:"他们又说什么了?我让他们吃菜随便薅的啊!"儿子气急败坏地冲老张喊了一句:"这花池子是大家的,不是咱们家的菜园子。"老张的心里就轰然一声,老张抹了一把脸说:"还是荒着好。荒着,人心就都不慌了!"

咬 牙

小张惹事,老张咬牙平事儿。小张开出租车,老张咬牙买车。小张想上班,老张咬牙找领导。小张又出事,年迈的老张想帮却已是无牙可咬了。

本分老实的老张没想到自己生的儿子小张却不是个本分老实的主,从小到大,打架斗殴,招灾惹祸,没少给老张找事的。小张惹了事,就得老张出面平,老张无权无势,平小张惹下的祸事,除了低三下四外,就是花钱免灾。老张是个平民,一个工人,岗位虽然稳定,但挣的钱有限,因此花钱一直小心谨慎,但在小张的祸事面前,想小心谨慎也小心谨慎不了,老张就只好咬牙花,牙咬得嘎嘣响,钱花得哗哗的,心痛得一抖一抖的。小张呢,看着老张咬牙花钱,却一点也不心疼,面无表情,除了被平事回来的老张暴打时面色痛苦地咧几下嘴,还是该干吗干吗。小张小时候,老张还打得动,小张也让打,后来大了,小张一看要挨打,撒腿跑了,几天不着家,老张没打着,也是有些力不从心了,憋了两天气,一看小张在外不着家,怕小张再惹出更大的事端来,就赶紧把气放了,跑出去把小张找回来。小张看见老张来找自己，躲着想跑，老张就一声吼："回家，我就不打你。"小张就跟着老张回家了。

小张学习不好，也不学习，好歹混到高中毕业，彻底回家了。彻底回家的小张无所事事，老张出去上班，他就出去瞎混，像老张上班一样，老张就头疼得厉害，想来想去，一天把小张叫到跟前说："你这样混下去也不是个办法，得有个正经儿事干，你自己想干什么？你说说咱们想想办法。"小张其实早就有所想，只是一直没对老张说的，老张一问，小张立马说道："我想开出租车。"老张怔了一下，而后脸色微苦，轻叹了一口气说："自己干倒也是条活路，只是这出租车要好几万的……行，我把积蓄都拿出来，不过，你可得好好开呀，别瞎混的。"老张跺脚咬着牙说道。小张看老张咬牙说，忽然就有些感动，说："爸，你放心，我一定好好干，不能总让你操心的。"

小张就学车，考证，买车，然后开起了出租车。一开始还不错，后来就不行了，就把车开歪了，车开歪了哪有不出事故的，出租车就没了，小张就又两手空空开始瞎混了。老张愁得头发都白了，怕又两手空空无所事事的小张越混越完，也后悔当初自己同意让小张开出租车，就没有考虑到出租车也是一天天在大街上瞎晃，接触的人杂七杂八三教九流，就打小招灾惹祸的小张能好吗，车开歪是必然的结果。老张痛定思痛，把小张叫到跟前说："找个班上，绝对不能在外瞎混了。"小张看看老张说："就我这样的，上哪上班呀？谁能要我呀？"老张想了想，咬牙说："你等着，我去找厂长。"老张就从老伴儿手里拿出了最后的一点积蓄去找厂长。小张

朋友啊朋友

就成了一名工人，上班了，跟老张一个厂子。老张很高兴，爷俩儿天天一起上班下班，在一个厂子里干活，老张每时每刻都可以看到小张，小张想瞎混也不可能的了。

在老张眼皮子底下的小张很老实，干活也很勤恳，就很得同厂年轻女工的青睐，很快，小张就和一个女工谈上了朋友，再后来，俩人就谈论婚嫁了。小张的女朋友和小张谈婚论嫁后，小张对老张说："我要结婚了。"老张很高兴，小张终于长大了，但老张的高兴劲儿很快就没了，愁苦地说："咱们这家庭……女方有什么要求？"小张瞧瞧老张，犹犹豫豫地说道："倒没说要什么，只是我们结婚得有个自己的窝。"老张说："这要求不高，只是咱家现在给你买不起新房。"老张环视了一下现在住的屋子咬牙说："这房子虽然旧点，但也够宽敞，重新粉刷一下，不比新房子差，你们就在这个窝吧。我和你妈搬出去。"小张苦着的脸松弛了一下，望着老张说："那你们搬哪去呀？"老张说："我们出去租个小房。只要你安安心心好好过日子，我和你妈睡露天地儿心里都舒坦。"小张眼圈就红了，对老张说："爸，我向你保证，从今往后一定好好过日子，再也不让你操心了！"

一晃，老张退休了。老张不再去厂子上班了，不能天天看到小张了，小张也不常来老张的出租屋，老张就很害怕小张再瞎混。怕什么有什么，这天，小张来到老张的出租屋，小张一脸沮丧，看到老张，小张不安地说："爸，我在厂子里出事了，上班时间赌博，我不把罚款交上，厂子就得开除我，我媳妇不可能给我钱的，你就帮我一下吧！"老张看看小张说："我现在帮不了你了，是真的。"小张就哀求地对老张说:"爸,我每次惹事你都咬牙帮我摆平的,这回你再咬牙帮我一次吧,我发誓再也没有下次了。"

老张凄凉地笑了一下说:"我是真的帮不了你了,我先前每次咬牙帮你,是我有牙咬,你看看,我现在还有牙咬了吗!"

小张这才专注地看了眼老张的脸,面目苍老不堪的老张张着嘴,嘴里黑洞洞的,一颗牙也没有了。

看 病

老张和老李两人职业不搭界,一个局长一个医生,却是无话不谈的知心朋友。老张找老李看病,这个病却是医生老李的疑难杂症。

老张是局长,老李是医生。两人职业不搭界,地位上也有差别,但这不妨碍两人成为朋友,而且是无话不谈的知心朋友。

老张来找老李。

老李看到老张,吓了一跳,老张脸色煞白,无精打采,老李就问老张:"咋了?不舒服!"老张坐下来,打了个哈欠说:"有病了。"老李就笑:"不像,就是脸色不好。"老张很认真不苟言笑地说:"真有病了,吃不香睡不着,你给看看。"老李就给老张检查,没毛病。老李说:"都挺好,身体没毛病,你是不是心里有

朋友啊朋友

事？心病吧！"老张点头说："是有个事放不下，快折磨死我了。"老李一笑说："找到病因了。吃不香睡不着就是因为心里有事。什么事？"老张看看老李，回头看一眼关着的门说："我给人办事，人家送了两万块钱给我。我这心里总不落底的。"老李不笑了，面色沉重地说："这是受贿，你害怕说明你病的还不重，还有救。"老张说："我先前给人办事也收人家钱的，可没像这次这样的害怕。"老李眼睛就放大了一圈："你一直收人家钱的！你怎么从来没跟我说过呢？"老张说："有什么说的，先前每次收了钱也没像这次这样啊，给了就收了，也没害怕，也没吃不香睡不着的。"老李就沉思了一下问："你先前收人家的钱没这么多吧？"老张有些吃惊地望着老李说："你怎么知道的？先前人家给的钱也就三千五千的。"老李微笑了一下说："我是医生嘛，不找到患者患病的原因，怎么对症下药啊！你这回属于吃补药吃多了，身体冷不丁有些承受不了，受不了，自然会出问题，所以你吃不香睡不着的，不调回正常状态，时间长了，身体怕是要糟的。"老张连忙问老李："咋调？赶紧给我开药吧！"老李摇头说："不是吃药能调的。你现在是补药吃多了，得吐药。明白吗？"老张是局长，能不明白老李所指？老张就牙疼似的愁苦着脸说道："这都吃了，还咋往出吐啊！硬往出吐也不舒服啊！"老李说："不舒服也得吐，吐出来就舒服了。你是想要一时的不舒服还是想今后都不舒服？"老张咽了口吐沫说："道理是这么个道理，可我都吃到肚子里了，要是吐出来，我心里也不会舒服啊！那样不还是吃不香睡不着吗！"老李就怔了一下，老张的话也不是假话。老李

162

就想了一下说:"要不这样吧,你别全吐出来,留一些,就留你先前收完也能吃得香睡得着的那么多,你就什么病也没有了。"老张一乐说:"对呀!我怎么没想到呢!不愧是医生啊!"老张就起身往外走。走了两步,站住了,回身对老李再次愁苦地说道:"还是舍不得吐啊!老李,你再想想有没有不吐的法子能治好我的病啊?"老李缓缓地坐了下来,长叹一口气,脸色凝重地说道:"法子倒是还有一个,不过我不想用这个法子给你治,你是我朋友,我不能害了你的。"老张眼睛一亮说:"你不给我治才是害我呢!我现在吃不香睡不着都快死了,你还不救?"老李咬了咬牙狠心说道:"除非还吃这么多,药量适应了,也就好了。"

老张愣了一下,老张立刻掏出手机,老张拨通手机说:"你那个事我马上去办,不过,得要两万块经费的……"

吵 婚

结婚是一个人小和老的分水岭。小张结婚后是老张,老张进了婚姻的围城,也想出来,吵架成了婚姻中的一道菜,可这道菜却是他婚姻中从来没有嫌弃的主菜。

老张并不是很老,人们喊他老张,是因为他已经结婚了。老张没结婚前人们都喊他小张,结婚以后,人们便都喊他老张了,老张便觉得结婚是一个人小和老的分

朋友啊朋友

水岭。人们虽然把小张喊老了，但老张并不恼，因为老张觉得一个人走到应该结婚的地段，由小变老也无可厚非，何况，结婚的感觉挺好的。

亦如许许多多结了婚的人一样，结婚挺好的感觉在激情退却之后，老张的婚姻也变得平平淡淡了。在这平淡之中，矛盾杂乱重生，紧接着便愈演成夫妻间的争吵，老张吵不过妻子，便经常在妻子引发战争时跑出家门，找几个麻友搓麻将解闷消遣。

老张和麻友老王老李老赵一见面，老张便总是气呼呼地说："这日子没法过了，我一定得离婚的。"老王老李老赵望着气呼呼的老张就笑，把麻将牌推得哗哗响说："离什么婚呢，凑合着过吧！这婚姻就跟打麻将一样，赢了输输了赢争得厉害，细想想又没什么意思，可是，没有就总觉得缺了什么。"

老张想想还真是这么回事。望望几个麻友笑说："看来你们几个是想明白了，我说你们怎么总也不说离婚呢！看来，我也得像你们学学，往开了想，凑合着过吧！"

可过几天跟妻子一吵，老张又想不开了，跟老王老李老赵往麻将桌前一聚，又气呼呼地说："这日子没法过了，我一定得离婚的。"时间长了，老王老李老赵便不再理会老张的话，任老张气呼呼地说，像是根本没听见似的。老张呢，啪地摔出一张牌，紧跟着吐出一句话："我一定得离婚的。"倒成了麻将桌上一道独特的风景。

"我一定得离婚的"这句话，似乎成了老张的口头禅，只要是在合适的环境下，这句话总是从老张的口中

第六辑　大梦方觉

不断地吐出来。老张的单位比较轻闲，因此同事们坐在一起闲扯的时候就比较多，但凡一说到家庭婚姻时，老张的这句"我一定得离婚的"就是老张用词量最高的一句。老张不厌其烦的这句话，让同事们觉得老张的婚姻生活该是十分的不幸，同事们便问老张他们夫妻之间究竟出了什么问题？老张张了张嘴，才发现说不出什么具体问题来，就只好波澜壮阔地说上一句："反正这婚一定得离的。"同事们就万分同情地望着老张，希望老张早日从不幸的婚姻中解脱出来。

就在老张日复一日"我一定要离婚的"呐喊声中，同事沈梅却悄然地离了婚。离了婚的沈梅脸上喜气盈盈，又充满了少女时的向往与靓丽。同事们望着沈梅光彩夺人的面容，感叹地对老张说道："别天天喊离婚了，还是把口号付诸行动吧，你看看沈梅的脸色，这就是脱离不幸婚姻的有力证明啊！"老张望望沈梅的脸色，痛下决心地说："我一定得离婚的。"

说是这么说，老张还是没有离婚。

沈梅这天单独约了老张，沈梅目光含情地望着老张说："你怎么还不离婚呢？"

老张看到了沈梅眼中的情愫，心里颤了颤，又怔了怔，老张望着沈梅说："你怎么问我这个？"

沈梅脸色一沉说："你不天天喊着要离婚的吗！你不天天喊着要离婚，我怎么会把婚离了呢！"

老张就有些蒙，望着沈梅慌急地说："你离婚跟我离不离婚……"

沈梅嗔怪了老张一眼说："你假装糊涂呀？你知道我喜欢你的，你天天喊离婚不就是想先让我把婚离

朋友啊朋友

了吗！"

老张就彻底晕了，慌乱地说："我是天天喊着要离婚的，可我没想让你离婚呢！"

沈梅的脸唰的就雪白了，大喘了一口气，泪花盈盈地说："是我想错了。你说你，不打算离婚你天天喊离婚干什么呢？"沈梅起身跑了。

老张望着沈梅远去的背影，心里很沉闷，又有些激动，老张就打电话约老王老李老赵。老张啪地摔出一张牌望着三人口气决绝地说："这回，我一定得离婚的。"老王老李老赵眼皮都没撩一下。老张又啪地摔出一张牌，力量很大，把麻将桌震得一颤悠，老张几乎是吼叫着喊道："这回是真的，我一定得离婚的。"

老王老李老赵抬起头来，几乎异口同声地说道："我们三个谁吵吵嚷嚷的要离婚了？可我们早都离婚了。你还是不想离婚，你要真想离婚的，你就不会总吵嚷着要离婚的了。"

夹　菜

似乎婆媳的关系永远都不融洽的。李美丽对婆婆谈不上好，也谈不上坏，虽然婆婆对她是真心好。直到自己面对未来儿媳，心里受到强烈震撼后，决定用看似平常的方式来对婆婆表达爱意。

同事王大姐给李美丽介绍了一个对象。

第六辑　大梦方觉

　　男方是王大姐丈夫单位的，叫张志，跟李美丽一样，参加工作两年。王大姐跟李美丽说要把她丈夫单位的小伙子张志介绍给她时，李美丽的心动了一下，王大姐丈夫的单位可是个很不错的单位，要比自己所在的单位好许多。李美丽参加工作后就没断过介绍对象的，可没有像王大姐介绍的单位这么好的。好单位的小伙子个个都是金疙瘩，都是抢手货，一进单位立刻就被介绍人包围，很快便成了姑娘的男朋友，再快点就成了男人了。像张志这样两年了还没有女朋友的真是凤毛麟角的。难不成张志也像她看过的许多小伙子一样，其貌不扬家境贫寒。李美丽就很担心地问王大姐："这人是不是个头不高长相难堪呐！要不怎么到现在还没对象呢？"王大姐就笑说："你还真说对了，张志啊，个头不高，才一米八。长相嘛，跟影星黄晓明分不出谁好看谁孬看。这样的个头相貌跟你的要求还差得很远啊！"王大姐边说边笑，把李美丽闹得脸红红的。虽然她李美丽长得人如其名，个头一米六三也不算矮，但这样个头长相的男人配她还是绰绰有余的。李美丽的心就动得强烈了一些，有些怦怦然的。单位好，相貌也好，没对象，看来一定是家境贫寒了。李美丽的心里多少有些不如意，问王大姐："是不是家庭条件特不好？"王大姐摇了一下头说："不是家庭条件不好，是农村的。家里有好几垧地呢，一年的收入不比咱们上班挣得少。"王大姐看看李美丽，李美丽眼里的光亮度在减弱。王大姐说道："美丽呀，大姐跟你说句实心话，这农村孩子没什么不好，朴实、善良、本分，你们这些城里长大的女孩子，一说农村就觉得贫穷落后得不得了，现在的农村

朋友啊朋友

发展得很好，当然，指定是没有城里这么好。可话说回来了，又不是让你去农村生活，如果你和张志能成，你们一定是要生活在城里的呀！而且，我都给你打听清楚了，张志还有个在农村的哥哥，他爹妈不会跟你们来过的。你们就过你们自己的小日子。"李美丽的眼睛唰地又亮了起来，有些羞涩地对王大姐说："那我和他见见面吧！"

李美丽和张志见了面。

李美丽和张志就相处了起来。

李美丽和张志相处到谈婚论嫁的时候，张志要领李美丽回农村去见父母。李美丽和张志相处后，随着感情的深入，对农村已经没有原来想象中的那么不堪了，似乎还有点好奇，张志一说要带她回去见父母，李美丽就很痛快地答应了。张志高兴得立刻就带着李美丽回农村见他的父母。一进村子，李美丽的好奇心立马打了折扣，村子里的住房虽然也多是砖瓦房，但都灰突突的。进村的路是土路，满是灰土的路上还散落着很多的鸡鸭粪便。脚一着地，李美丽几乎就是跳着脚走路，生怕踩到鸡屎鸭粪上。进了张志的家，院子还算规整，但哪哪瞧着都像是不干净的。这让从小到大居住在楼房里走在城里水泥路上的李美丽顿时心生厌恶。张志的父母和哥哥早知道了他们要回来，一直在翘首企盼。俩人一进院，就都一脸笑容地迎了上来。张志的母亲一见李美丽，嘴都合不拢了，一看就是打心眼里喜欢。李美丽本来长的就漂亮，今天又特意打扮了一番，更加的光彩照人。张志母亲上来一把就抓住了李美丽的手，张志母亲的手又黑又硬的，抓到李美丽的手时，李美丽不由地挣脱了一下，

第六辑　大梦方觉

张志母亲感觉到了，慌忙地松开了，招呼李美丽："快，进屋，饭都做好了。"

一家人就进屋吃饭。一桌子的菜，很是丰盛。张志和父亲、哥哥喝着酒，说着一些乡村话。李美丽坐在张志母亲的身边，张志母亲乐呵呵的一个劲儿让李美丽吃菜。李美丽一小口一小口地吃着，菜做得还不错，不过盛菜的盘子一个个都豁了边，瞧着特别不舒服，拐带着菜吃着也不是很香。看李美丽不怎么动筷，张志母亲有些急，夹起一筷子菜就放在了李美丽的碗里，让李美丽多吃。菜落进碗里的时候，李美丽一下子愣住了，张志母亲的筷子不是公用筷子，张志母亲刚刚还扒了一口饭呢，竟然接着给她夹了一筷子菜。李美丽的心里顿时一阵恶心。李美丽端着碗半天没动弹，眼睛直直地看着碗里的菜。张志母亲突然就明白了李美丽的心思，脸腾地红了，讪讪地笑着说道："不喜欢吃这菜，这菜张志爱吃，我以为你也爱吃呢。张志，把这碗吃了，我再给美丽另盛一碗。"张志母亲轻轻抢过李美丽手里的碗，放在张志面前，又给李美丽重新盛了一碗。张志看看李美丽，嘴唇动了动，要说什么，张志的父亲和哥哥连忙招呼张志："喝一口，喝一口。"

回来的路上，张志没说什么，李美丽也没说什么。似乎什么都没有发生过。没多久，李美丽和张志就结婚了，张志父母来了，送给他们十万块钱让他们结婚用。李美丽看着那钱，心里有些感动，突然就想起了张志母亲给自己夹的那一筷子菜来。李美丽心说，自己应该吃了的，可就是吃不下去呀！

结了婚的李美丽很少去农村的，有时和张志也回去，

朋友啊朋友

主要是张志常回去。李美丽回去，吃饭时，张志母亲再也没有给她夹过菜，但一个劲儿地让她多吃，李美丽就多吃，吃得很香的样子，张志母亲就一脸的笑容。

一晃，李美丽的儿子大学毕业参加工作了。李美丽总是督促儿子快点找女朋友，在儿子找女朋友的事情上，她要比儿子更加焦急。儿子终于有了女朋友，儿子把女朋友小惠领回家时，李美丽弄了一桌子菜。一见儿子的女朋友小惠，李美丽心里就欢喜得不得了，心里一个劲儿地夸儿子有眼光。吃饭的时候，小惠坐在李美丽的身边，李美丽真是越看越喜欢，不由自主地夹了一筷子菜放到了小惠的碗里，让小惠多吃。小惠一下子愣住了，端着碗怔怔的。李美丽的心里就轰隆了一声，明白了小惠的心思。李美丽直个暗骂自己，怎么这么犯贱，给小惠夹什么菜呀，看看人家嫌的。李美丽立刻冲儿子说道："小惠不爱吃这菜你怎么不说呢，这碗你吃了，我再给小惠盛一碗。小惠喜欢吃什么自己夹啊！"

儿子和小惠一走，李美丽就对张志说："回农村去看看爸妈吧！"张志直愣愣地望着她，有些恍惚，李美丽从来没有主动说过要去农村的。张志的母亲还是那么硬朗，只是比以前又黑又小了些。吃饭的时候，张志母亲还是一个劲儿地让李美丽吃，李美丽端着饭碗指了一下桌子上离自己最远的那盘菜对张志母亲说道："妈，你给我夹一筷子那个菜，我有些够不着。"一桌子人就都愣住了。张志不悦地冲李美丽喝道："长点伸筷就够着了，咋还让妈给你夹菜呢！"张志母亲突然缓过神来，冲张志骂道："你闭嘴。"拿起筷子颤颤地夹了满满一

第六辑　大梦方觉

筷子菜放在了李美丽的碗里，用手擦了一下眼角说道："美丽，吃菜，多吃点。"李美丽端起碗大口大口地吃起来，一同吃下的，还有不断滚落下来咸咸的泪水。

鱼

钓鱼者老张在鱼塘钓鱼，被讹了，老张的老婆帮他出了气，却使老张摔断了鱼竿，不再钓鱼。

老张喜好钓鱼。闲暇之余，老张就去钓鱼。可现在自然环境破坏得太严重，自然河流已经很难钓到鱼了，有时候一天都钓不上一条小鱼的，老张感觉很沮丧很失落。再沮丧再失落也没用，老张改变不了自然环境，只好改变自己，不钓鱼。没想到，想改变不钓鱼的爱好比不吃饭不睡觉还难受，老张老婆看老张难受，也跟着难受，对老张说："出了城南两里地，有个鱼塘的，你去那钓。"老张说："钓鱼塘的鱼要花钱的。"老婆说："那能花几个钱，现在鱼价便宜，你少钓点，钓多了咱也吃不完的。"老张眼睛就放了光亮，都熬了一个月没钓鱼了，实在有些熬不住了，正好放假休息，老张拿出钓具就奔了鱼塘。

鱼塘里是养殖的鱼，自然没有自然鱼好，但有鱼。何况，老张跟许多爱钓者一样，喜好钓鱼，吃鱼倒不是十分的喜欢。来到鱼塘边没看到养鱼人，只有一块牌子插在那，上面写着：钓鱼，按斤算钱。老张明白，有的

朋友啊朋友

鱼塘是按天算钱，钓不钓上鱼是你的能耐，那样鱼塘里的鱼也难钓上来，而且每天的价格也很高。还有就是这种按斤算钱的，鱼好钓，价钱虽然比市场上贵点，但多钓少钓取决于钓者。老张就找了个合适的地方，拿出钓具开始钓鱼。

一晃，半天就过去了，老张钓了大约四五斤鱼，感觉有些过了瘾，一个月来一直憋闷在胸口的一股气终于吐了出来，浑身都很舒坦。老张开始收拾钓具的时候，从远处过来了一个人，老张知道这个人一定是养鱼人了。他始终没出现，不等于他不在老张看不见的地方一直注视着老张。养鱼人来到跟前，是个一脸络腮胡子的中年人，老张冲他打声招呼说："把鱼称一下吧！"络腮胡看了看老张说："你是县里的干部？"老张不知络腮胡因何这么问，摇头说不是。络腮胡又问："你是乡里的干部？"老张有些不解，摇摇头。络腮胡迟疑地问老张："那你是……"老张一笑："我什么都不是，就是一个平常老百姓。你把鱼称一下，我把钱给你。"老张话音刚落，络腮胡立刻一瞪眼说："不用称了，二百块。"老张就怔住了，这四五斤鱼在市场上也就三十多块钱，在这即使翻个个儿五六十块钱也顶天了，络腮胡一张嘴要他二百块，显然是黑他的。老张涨红了脸说："你敲诈人啊！什么鱼这么贵？"络腮胡有些凶地说："我这鱼就这么贵，是你自己乐意钓的。"老张说："你讲不讲理，我来时你怎么不出现，钓完鱼了你才出现，知道你鱼这么贵我还不钓了呢！"络腮胡龇牙一笑说："你要是县里乡里的干部我还不要钱了呢，你管不着我，我不管你要钱管谁要钱。废话少说，交钱吧！"老张气得

第六辑　大梦方觉

说不出话来，掏出两百钱，气愤地扔给络腮胡，抓起钓具和鱼气哼哼地回去了。

老张气哼哼地回到家，把鱼扔在厨房的地上，对跟过来的老婆也是埋怨，埋怨老婆让他去钓鱼，他气恼地喊了一句："二百块钱呢，别吃瞎了的。"老婆立刻瞪着眼说："二百块钱？咋要你二百块钱呢？"老张说："因为我是平常百姓，我要是县里乡里的干部，人家还不要钱呢！"老婆就一声冷笑说："咱的钱他也敢黑。"老张就纳闷地看老婆，想问老婆因何说这话，老婆已经到客厅打电话去了。

一个小时后，老张家的门敲响了，老张打开门，络腮胡一脸汗水地站在门口，手里还拎着一大兜鱼。络腮胡一看老张，脸红地冲老张笑说："真是不知道的！真是不知道的！"络腮胡说着从兜里掏出二百块钱，塞给老张说："咋能要你的钱呢！"说着把鱼放在地上，扭头就跑了。老张就蒙了，回身问走过来的老婆："你给谁打电话了？这怎么回事呀？"老婆哼了一声说："他儿子就在我班级，他还把你当鱼钓，他也不想想，他儿子现在可是我网里的鱼……"老婆的话还没说完，老张已奔向阳台，啪啪几声响，老张老婆跑到阳台，看到了老张脚下破碎的钓具，老婆冲着老张喊道："你干什么呀？"老张看了老婆一眼，什么也没说，拾起破碎的钓具，出去了。

老张再没钓过鱼。

朋友啊朋友

吃　啥

现在吃什么感觉都不安全，老张什么都不吃，只吃无害食品，我的大白菜老张看上了，却不知道一样是上了农药的，我该告诉老张吗？

从市场的公共厕所出来，一抬头碰见了老张。老张是我前两年在这城里打工时的雇主，是个小老板，不过却是个少见的好老板，从不克扣我的工钱，而且每回给工钱的时候，都多给一点，很让当时自感低人一等的我深受感动的，总想着今后有出息了要报答他一下，哪怕请他吃顿饭。所以，当我看到老张的时候，请他吃顿饭的念头唰地就在脑海里蹦了出来。倒不是我现在出息了，而是吃顿饭我还是请得起的。

我连忙招呼老张，招呼老张的时候心里有些吃惊，老张瘦了，瘦得皮包骨，原来的老张可不是这样的，挺胖，肉乎乎的，像头肥猪，现在的感觉像条瘦狗。老张看清是我，也很高兴，伸出手来跟我握了一下，手劲用的不小，能让人感受到是真情实意的。我注视着清瘦的老张，犹豫了一下还是忍不住问他："怎么这么瘦？"老张笑笑说："减肥！"我不信："真减肥？没什么事吧？"老张显然明白我的问意，说道："没事，身体没毛病。店也正常开着呢！不信，我领你回店看看去，没什么变化的。"老张没事就好，我舒了口气说："等忙完了我一定去看看，说真的，还真挺想在你那干活的日

第六辑 大梦方觉

子的。这样，你别走，一会儿我请你吃饭，一定给我个机会，我一直想请你吃顿饭的。"老张连忙摆手："不吃不吃，真的不吃。"我说："你别跟我客气，一会儿咱们去吃火锅，今天儿有点凉的，正好吃火锅。"老张头摇得拨浪鼓似的说道："不吃！你没听说吗，羊肉没多少是真的，都是鸭肉加工成的，还有老鼠肉呢！鸭血是用牛血加洗衣粉勾兑的，百叶用甲醛泡的……谁敢吃？不要命了？"我听得心里直起泡，忙说："那咱不吃火锅，咱去吃杀猪菜。"老张又把脑袋摇得拨浪鼓似的说："不吃不吃，别说瘟死的猪给你吃，不是瘟死的也没好猪肉，现在的猪哪个不是速成的，饲料里加各种药，一天能长三四斤，你想想，这能吃吗？吃猪肉就顶算吃药啊！"我忙说道："那咱不吃杀猪菜，咱吃海鲜去，海里的东西，想作假都难。"我知道海鲜挺贵的，但我是真想请老张吃顿饭的。没想老张猛地后退了一步，害怕我抓他去吃海鲜似的，老张坚决地说："更不能吃了，现在海里还有多少东西啊！都是人工养殖的，喂各种激素，激素啊！你知道吧？人吃进去还有好吗！你的心意我领了，饭我是绝对不能去吃的，跟你说句实话吧，知道我为什么瘦成这样吗？要不是怕饿死，啥我都不想吃啊！"老张哀叹一声。我知道老张所说的这些现象都存在，可我们也不能因此饿死呀！我正要劝说老张好歹跟我吃顿饭的，不远处的白菜车又喊上了："大白菜了，真正无毒无害的乡下大白菜了，农家肥的大白菜了啊！晚了就买不着了！"老张眼睛一亮，目光唰地投向了白菜车，惊喜地说："兄弟，吃饭的事你就别想了，我指定不去的。我得赶紧去买几棵大白菜，农家肥种的

朋友啊朋友

大白菜可是难得碰上啊，没危害呀！"说着，向白菜车跑去。

我伸手去拽老张，老张跑得太快了，没碰到他呢人都跑出好几米了，直奔白菜车飞奔而去。我喊老张，张开嘴话没出来，我要是告诉他那车大白菜是我和老婆拉来卖的，用的根本不是什么农家肥而是化肥，而且为了减少虫害，喷了 N 遍农药，我在家都不吃的，老张还会买吗？可那么瘦弱的老张再不吃点东西，怕是真的要饿死了。好在，我的大白菜虽然不健康，但还没吃死过人的，就让老张痛痛快快地吃几棵吧。

凿个地下室

住在一楼的大李要凿个地下室，二楼的张老爹不干了，怎么也阻止不了大李，张老爹只好以其人之道还治其人之身。

张老爹住二楼，大李住一楼。

大李很精明，把窗户改造了一下，开了个杂货铺。楼区住户图方便图省事都来买东西，杂货就越办越多，大李就叮叮当当钉个小货架，咣咣往墙上敲两个挂钩，存放杂货。这天，正午睡的张老爹被楼下咣咣声吵醒，翻身起床，嘴里骂着大李："钱还不够你挣的了呢，要把墙都钉上挂钩啊！要把自己也挂上卖了啊！"开门下楼，大李家门裂儿着一条缝，咣咣声从门缝里涌出来，

第六辑 大梦方觉

还有浓浓的灰尘。张老爹忍不住又骂了一句:"这是要把墙拆了啊!"拉开门进屋。

进屋后张老爹就愣住了,大李没往墙上钉挂钩,屋里一地碎水泥块子,屋地面已刨开了一层,两个民工正使劲儿用凿子锤子砸凿地面的。大李站在两个民工身后,正指挥着民工凿呢。看见张老爹,大李赶紧抽出一支烟递过来:"张老爹,不好意思,是不是吵到你了?"

张老爹没接烟,冲着凿地的民工嗷唠一嗓子:"别凿了!"两个民工停了手,望着张老爹。张老爹疑惑地问大李:"你这是干什么?"

大李笑笑:"弄个地下室,货越办越多,没地方放了。"

"什么?地下室?"张老爹顿时睁圆了眼睛,直直地看着大李。大李又把烟递过来,讨好又无奈地说道:"没办法,货全点大家用着都方便,可这屋里空间太小,只能往下找点空间了。"

"不行,不能凿地下室。"张老爹斩钉截铁。"这是住宅楼,你抠地下室楼有危险。"

"不能,不能,我只抠个小地下室,就装点货。"大李一脸笑。

"怎么不能?这地下室不能弄。"张老爹口气不容置辩。

大李唰地撂下了脸:"我在我家抠地下室,外人管不着吧。别是看着挣钱眼红了吧!"

张老爹脸腾地红了,指着大李气哼哼道:"谁看你挣钱眼红了?住宅楼不能弄地下室,这是有规定的。这楼又不是你自己的,好几十户人家你问过谁?谁同

朋友啊朋友

意了？"

大李气恼地说："我在我家弄地下室，凭什么问别人同不同意。这地下室我凿定了，谁也管不着。给我凿。"说着冲民工一挥手。民工犹豫了一下，拿起凿子锤子凿了起来。

张老爹一跺脚，转身回到楼上，给城管打电话。城管很快来了，在楼下候着的张老爹指着大李家说："就是他家。"

看城管进来，大李立刻叫民工停止了锤凿，挖了一眼老张，挤出一丝笑容对城管说道："对不起，对不起，扰邻了，扰邻了。"张老爹哼了一声。城管看看已凿开一层的地面，严肃地对大李说道："住宅楼不准抠地下室的。"

大李立刻面部吃惊不已："没有啊！没凿地下室啊！我要换地面的。"

张老爹在一旁急了："就是凿地下室的。"

大李笑对张老爹："我跟你说气话呢！你看看，还当真了。"

城管看看张老爹，张老爹一时发蒙，瞪着笑嘻嘻的大李。大李对城管说："真的，我俩刚才话说僵了，气话的。真是对不起，还让你们跑一趟。"城管对大李说："楼上楼下住着，注意点，别吵得人家不得安宁。"大李忙说："一定注意，一定注意，等他出去溜达我再凿。"

城管一走，大李脸色立刻阴沉下来，冷冰冰地望着往外走的张老爹，对民工大喝一声："凿！"然后狠劲地关死了门。

张老爹知道大李不会罢休，就挨家挨户去说，可没

第六辑 大梦方觉

想到住户们反应都很平淡，大多淡淡一笑："能凿多大个地下室啊？影响不了啥的。"张老爹闹得眼珠子直翻白，气鼓鼓地回了家。正巧，儿子休班回来看他，看张老爹气鼓鼓的，就问咋的了，张老爹把大李凿地下室的事一说，儿子眼珠一转："多大个事，想不让他凿就不让他凿。"

张老爹眼睛一亮："你有办法？"

儿子一笑："你得舍出两块地板砖来。"

张老爹望着卖关子的儿子："行，只要不让大李凿地下室就成。"

大李看张老爹再没下来，心里好不得意，正美呢，棚顶突然响起了咣咣的敲凿声，还刷刷地往下落灰。大李赶紧爬上二楼，门开着，大李进屋，看见张老爹蹲在地上正用力地凿自家的客厅。

大李纳闷地问张老爹："你这干什么？"

张老爹看了一眼大李，面无表情地说道："我凿个地下室。"

大李怔了一下，扑过来抢张老爹手中的锤子，哭腔道："亲爹呀，我不凿地下室了，你住手吧！"

文武丐

孟庆文是个教书先生，满怀一腔忠诚爱国之情，面对鬼子凛然不惧，关键时刻一个乞丐出手相救，俩人共同谱写了抗日的一段经典。

朋友啊朋友

孟庆文目送着最后一个学生在大门口消失后，禁不住也走出了学校大门。孟庆文的心里惶惶的，有一种不安的感觉，学生们今天走出校门后，不知还能不能够回学校读书了。也许，等能够回学校读书时，他这个全县学识渊博声望最高的老师已永远的消失了。

日本兵已经进驻了县城，每天都有人在逃亡和消失。许多店铺关门，县城里的几所学校虽未被关闭，但也都在日本人的威慑下开始了日语学习，把国文课本里添满了歌颂日本帝国主义的内容，向学生灌输奴化思想。只有孟庆文的学校还在坚持着原有的国语教学。孟庆文知道，日本人是不会允许他与他们唱反调的，他们一定会来强迫他用他们制定的课本来教学，如果他不同意，等待他的怕是杀身之祸了。孟庆文不怕死，但一想到自己死了之后，这所学校无疑会被日本人派来的教员授业学生，一想到学校里充满着哇啦哇啦的读书声，孟庆文的心忍不住地跳痛起来。

"先生，行行好，给口吃的吧！"一个苍老微弱的声音突然在耳边响起。孟庆文从恍惚中醒了过来，不知什么时候，一个年纪看上去很大的老乞丐站在了眼前，伸着一只枯干黄瘦的手向他哀求道。

孟庆文心里忍不住一酸，从兜里摸出仅有的一块钱，递到了老乞丐瘦弱的手中。老乞丐收回手，看了看手中的钱，笑了一下，把手中的钱又塞回孟庆文说道："这钱还是先生留着用吧！我只求一口吃的。"

孟庆文一愣，要知道这一块钱够老乞丐吃上十天八天的了，想不到老乞丐竟不要，只求一口吃的，有如此不贪的乞丐，倒是少见呢！孟庆文心中不禁肃然起敬，

第六辑　大梦方觉

一拽老乞丐的衣袖："老伯，请屋里喝一杯吧！我也是好久未曾饮酒了，怕是也没有几日好酒可喝了。"

老乞丐欣然一笑，也不推让，随孟庆文进了屋。几杯酒下肚，老乞丐似乎不胜酒力，醉眼迷蒙的直往凳子下掉。孟庆文本是想请老乞丐喝几杯吃顿饱饭便让其离去的，因为日本兵说不准什么时候就会闯进来的，孟庆文已经做了即使死也绝不向日本人妥协改教课本的打算，他不想连累其他人。可是，老乞丐已经醉得像一摊软泥一样了，现在让他走也走不了的。孟庆文只好把老乞丐抱起来，放到自己的床上，让老乞丐睡上一觉。转回桌旁，孟庆文自斟自饮起来。一杯酒未净，屋门一响，驻扎县城的日本兵最高长官山本田郎带着两个日本兵闯了进来。孟庆文瞭了一眼闯进来的山本田郎，坐在桌旁纹丝未动，把杯中残存的一点酒一干而尽。

山本田郎走到孟庆文的面前，面目狰狞地望着孟庆文，用生硬的中国话说道："你的，为什么不教我们大日本帝国的东西？"

孟庆文看了一眼山本田郎，不屑地说道："大日本帝国，哈哈，不过几个小岛而已。我们中国可是有着几千年历史的大好河山。"

山本田郎脸色唰地涨红了，目光凶狠地望着孟庆文。山本田郎眼珠狡黠的一转，狞笑着说道："你们，总是认为文化比我们的好，这样，我出个上联，你能对出下联，我便不强迫你教我们大日本帝国的东西。如果对不出，你必须教我们的东西。"

孟庆文目光如炬地望着山本田郎说道："言可

朋友啊朋友

有信？"

山本田郎说道："我们说话是算数的。只是，我来你们中国这么久，还从来没有人对得出我的下联呢！我的上联是：琴瑟琵琶八大王——王王在上。"

孟庆文一下子愣了。虽然自己学识渊博，知晓古今历史文化，但这个上联还真没有听说过。不过，从这字里行间来看，上联是充满了霸气的，有意昭示日本帝国的王者之势。孟庆文沉思片刻，竟然没想出该如何对这上联。汗珠从孟庆文的额头上冒了出来。

"哈哈，这可是你们中国的文化呀！怎么样，对不出来了吧。"山本田郎洋洋得意地说道。

躺在床上的老乞丐突然翻了一下身，趴在床沿上哇哇地吐了起来。孟庆文连忙拿起水杯走到床前，给老乞丐喝水。水杯举到老乞丐嘴边时，老乞丐睁开了眼睛，瞄了一眼不远处得意的山本田郎和两个日本兵，梦呓似的轻轻说了一句："小鬼子。"

孟庆文身子一震，吃惊地望着老乞丐，老乞丐喝了一口水，把眼睛又闭上了。孟庆文起身，立刻挺胸昂首，来到山本田郎的面前，朗声说道："魑魅魍魉四小鬼——鬼鬼居边。"

洋洋得意的山本田郎脸上的笑意慢慢地消失了，随之浮上凶狠的面目，怒叫一声："八格，八格牙鲁，你敢说皇军是鬼子，你的死拉死拉的。"山本田郎唰地抽出了日本战刀。

孟庆文冷峻地望了一眼闪着寒光的战刀说道："言而无信。"一动未动地怒视着山本田郎。

山本田郎号叫一声，挥刀向孟庆文劈来。就在刀要

第六辑　大梦方觉

劈到孟庆文时，一道白光一闪，山本田郎哼了一声，手中的战刀咣地落在了地上。山本田郎缓缓地向后倒去，他的咽喉上插着一把飞刀。

两个日本兵一愣，慌忙拔枪，要向孟庆文射击。只见床上的老乞丐翻身而起，双臂一挥，两道白光立刻直射日本兵，两声闷哼，两个日本兵的咽喉同时插上了飞刀，倒在了地上。老乞丐过来，把日本兵的枪拿到手，笑哈哈地望着孟庆文。

孟庆文已被眼前的突然变化惊呆了，醒过神来后，惊喜地望着老乞丐说道："刚才是老先生提示我对出下联，没有丢了咱国人的脸。又是老先生出手相救，使我免遭杀身，老先生绝非乞丐，请问老先生是……"

老乞丐微微一笑，说道："在下被人叫作文武丐。"

孟庆文一怔："你就是能文能武专门与日本人作对的群丐寨寨主文武丐。"

文武丐笑笑："不敢，我也是听说先生不畏日本鬼子坚持教授国文而感佩，才前来搭救。现在，你要赶快离开这里，日本鬼子是不会放过你的。"

孟庆文一声长叹，抓住文武丐的手说："东北之地，亦已是魑魅魍魉横行，小鬼不除，哪有我等容身之地呀！我跟您一同打鬼子去吧！"说完，随同文武丐而去。

朋友啊朋友

长 发

你的长发被谁盘起，精美的歌曲勾起了多少人美好的回忆。若雅的长发为谁留起呢？长发在与不在，爱情都应该在，失去了爱情，长发还能飘逸吗。

若雅长得并不十分漂亮，属于不出众也不难看的那种。但若雅有一头黑亮的长发，披肩柔顺的，只要若雅轻轻地晃动一下，谁见了，眼前都有一种瀑布流动般的感觉，使人自然而然地产生一种美的享受，美的心境。

兵就是被若雅的长发迷住的。兵常说，长发披肩的女孩最能给人一种美不胜收的感觉，比如像若雅，容貌并不算漂亮，但她的长发就掩盖了她所有的缺陷，而且使她最能表现出一个女人的温柔似水⋯⋯

那时，兵和若雅都在同一所大学里读书。兵一说若雅的长发，室友们就嬉笑地对兵说，你去找若雅吧，若雅的长发也许就是为你留的呢。

学业的最后一年，兵和若雅出校外散步时，就已经手牵手了。兵的室友们不笑了，很严肃地对兵说，你真的和若雅好上了？室友们的目光里充满质疑。兵可是学校里有名的帅男，学业又好，是许多女孩追求的目标。

兵一脸幸福地说，若雅有一头秀美的长发⋯⋯室友们望着兵坚定的目光，无不惋惜哀叹。

若雅做梦也没有想到兵会主动追求她的。她从众多漂亮女生的目光里读到了嫉妒，以及对她长发的仇视。

第六辑 大梦方觉

她们开始一窝蜂地留起了长发,可她们的头发长长就逐渐变得纤细、分叉,而且枯黄。她们用了大量的各种不同品牌名贵的洗发护发香波,但就是长不好。望着若雅黑亮垂直光滑的长发,悲哀就常常挂在她们的脸上。

若雅知道兵追求她是因为喜欢她的长发后,就倍加珍惜自己的长发了,她知道这美好的爱情,甚至说她从没敢奢望过得到兵的爱情来源于她的长发。若雅开始每天把大量的空余时间花在梳理自己的长发上。每次与兵约会,若雅都会披散着一头散发着淡淡清香的长发,在兵的面前轻轻甩动,兵的眼里就充满了痴迷的色彩。

兵喜欢用他宽大的手掌去轻轻触摸若雅柔柔的长发,像是去触摸熟睡了的婴儿,小心翼翼的,幽幽的说上一句,真美。若雅心里就一阵激动和幸福。

毕业后,兵和若雅很快地结了婚。新婚之夜,兵和若雅相对而坐。若雅把盘起来的长发打开,刹那间,长发有如流水,倾泻而下……在兵迷离的目光中,若雅绯红着脸拢了一把长长的秀发,去轻轻地拍打兵的脸。兵就一把揽若雅入怀,激动地说,长发,我的长发。

若雅突然心间一片怅然。

蜜月过后,日子就显得忙碌起来。若雅每天都要花很长时间来梳理她的长发,她几乎每个早晨从起床到上班的这段时间里,都坐在梳妆镜前,慢慢地精心地梳弄着长发。

兵先是同若雅一同起床的。若雅梳理长发,他去做早餐。早餐做好了,若雅的长发也梳好了,俩人一块吃早餐,然后去上班。一段时日后,兵起床渐渐迟了,俩人就时常吃不上早餐空着肚子去上班。不知什么时候起,兵的

朋友啊朋友

心情郁黯起来，瞧若雅的长发，眼里的迷离逐渐淡漠了。

这天早晨，兵终于和若雅吵了起来。兵英俊的脸孔因愤怒而变得有些狰狞，目光直视着若雅的长发，咆哮着对若雅吼道，梳，梳，把时间都用在你的头发上，那能当饭吃呀，你咋不铰了去。

若雅就怔住了，握在手里的梳子无声地滑落在地上。望着兵的面孔，若雅眼里突然盈满了泪水。兵看都没看她一眼，起身摔门走了。若雅晚上回来时，她的长发不见了，剪了一头很短很短的小碎发。

兵见了，脸上划过一丝惊讶后，归于平静，什么也没说。若雅望了望平静的兵，无语。

若雅开始每天早晨起来做早餐，吃完早餐后，到梳妆镜前梳两下头发，有时也不照镜子，飞快地梳上两下，匆匆上班去了。有时起来晚了，就慌乱地弄上一点早餐吃了，头发也不梳就去上班了。

兵望着若雅眼里的迷离一点也没有了，像是从来就不曾有过。一天早晨，若雅头发没梳就要去上班，她要走出门时，兵喊住了他。兵淡淡地说，你的头发乱得像个鸡窝，也不怕同事们笑话。

若雅愣了一会儿，然后笑了笑，笑得很凄苦，若雅说，你考虑一下，咱们……离婚吧！

一年后，兵在一次聚会上见到了若雅。若雅的长发在肩上流动不止。望着若雅秀美的长发，兵突然热泪盈眶。兵走过去，有些痴迷地望着若雅说，我们……你的长发……我依旧喜欢。

若雅淡淡地微笑着说，我喜欢的是时间，长发生长的时间。

第七辑　职场风云

第七辑　职场风云

职场是生活中躲不开的一个场地。处在职场之中，或喜或悲，逆来顺受，钩心斗角，尔虞我诈都要习以为常。职场里总是有争斗，不足为奇，奇的是怎么让争斗不显得那么明显，甚至是笑脸相斗。职场里的风云总是突起，而且不知风能刮多大，云有没有雨。在风雨来临之时，能找到一个避风躲雨的地方，才是最重要的。如果找不到，就站稳吧。

请县长吃个饭

几个局长和老板处心积虑的请新来的县长吃饭，县长来吃了，吃得他们如坐针毡，吃完了还打包，这个饭以后真是难吃了啊！

饭吃得比较平静。毕竟都是有些身份和地位的人：几个大局的局长，几个本县最具财力的老板。这样身份

朋友啊朋友

的人，不可能像街上的混混们那样大嚷大叫地聚会，更何况，今天他们不是被宴请的主角，他们是请客者，主角是县长，一个身份地位要比他们高的人，一个在本县让他们敬畏的人，一个可以让他们的命运好一些还是孬一些的人。

县长刚来不久，从市里下派来的，只知道他在市里根基很硬，具体情况不得而知，知道的一些也是道听途说的。这样不透明的县长不得不让人多一份小心的，招惹不好，容易引火烧身。几个局长和老板商讨多次，决定还是请县长吃顿饭，或许在饭桌上就摸清了县长的秉性呢！也或许因此就产生了友情呢！在邀请县长吃饭之前，他们还担心县长会拒绝他们的宴请，但县长很痛快地答应了，这让他们有些惊喜，惊喜县长答应之痛快。县长答应宴请了，可是吃什么呢？这又让他们犯难，如果吃不好，不合县长的口味，宴请就事半功倍得不偿失了。几个老板这时露出财大气粗的本性来，拍着腰包说："什么好吃什么，什么贵来什么。"几个局长忙摇头说："不可，不可，现在从上到下反对大吃大喝，弄得太过奢侈了，县长敢吃吗？来了，一看满桌山珍海味，还不得扭头就走。还是先朴素一些，加个三味五味的珍贵之肴，混在一堆菜里也看不出什么来，这样也能两全其美。"局长们的话一说，几个老板频频点头，接触官场与官员，毕竟没有身在其中人在其位，难免对官场之事官员之心一知半解，还是听几个局长的吧。

饭局开始时，有个老板拿出两瓶五粮液来，笑着对县长说："这酒是我自带的啊！"县长笑笑，摆了一下手说："你们喝，我不喝白酒，我来一瓶啤酒吧！"在

> 第七辑　职场风云

座的人就都微微怔了一下，没有人恳请和坚持要县长喝白酒的，老板看了看其他几个人，连忙把五粮液拿下去说："也好，也好，都喝啤酒的，这白酒喝多了头痛。"其他的人便笑着附和说："啤酒养人，喝啤酒好。"县长一笑，有些幽默地说："喝多了就不好，我每次只喝一瓶的，在外在家都是。不过，你们可别学我，该喝什么喝什么，该怎么喝怎么喝，别因为我你们再喝不好，我的责任可就大了。"所有人便都笑了，笑得有些轻松，县长后面的话让他们感觉有些亲切。他们便有些兴奋地叫服务员拿啤酒，先搬一箱。啤酒搬上来，局长和老板们都抢着给县长倒酒，县长一捂杯子说："别的，这么倒一会儿就没数了，手把瓶，我习惯手把瓶，你们将就点行不？"没人说不行，酒还没喝呢，没人敢跟县长叫硬，即使喝了，几杯啤酒也达不到跟县长叫硬的地步。就不抢着倒了，依着县长，也按照县长的习惯，一人一个手把瓶，自给自足。

　　喝酒必然吃菜。县长不客气，大口吃菜，只是掺杂在大众菜肴里的那几个奢侈菜却没进县长的口。县长不是没看见，看见了，这几味菜转到他面前时，他竟然做出了一个与他身份似乎不相符的举动，用筷子俏皮地敲打了一下盘沿，使盘子发出清脆的响声，说了一句："这东西，说着好听，营养价值这么高那么高，看谁用它延年益寿了？什么东西，不是越贵就越好吃的，黄金贵，你吞一块试试。"县长这话，又一下打得几个局长老板微微怔了一下，忍不住笑着说："县长的话真是精辟，想想真是，这东西咱们谁当饭吃了，还不就是为了摆摆样子，好吃的还真是家常菜呀！"这后两句话就说得很

朋友啊朋友

是感慨和真情实意了。几个人就把酒杯端起来，敬县长说："县长，就不给你倒了，敬你。"就都喝了，县长也喝了，气氛很好的。

饭吃完了，都很轻松。县长起身说走吧，就都起身，要往外走。却没想县长这时喊了一声服务员："给打下包！"大家就都愣住了。愣了好几十秒，服务员进来了，也吃惊地望着他们，这里他们隔三岔五就来的，服务员不可能不知道他们是谁，他们什么时候打过包呢！县长又对服务员说了一句："麻烦给打下包的。"几个局长老板这才醒过神来，望了一眼桌子上，的的确确剩下很多菜，可这怎么能让县长打包呢？几个人忙小声对县长说道："县长，算了吧，别打了。"县长笑笑说："不丢人，你们也别不好意思，我挑两样我爱吃的，你们也都挑两样自己爱吃的打包吧！"县长语气不容置辩，没人再说不打包了，就都打包。

县长和局长老板们出了饭店，手里都拎着两个打包的一次性饭盒，饭盒有些扎眼，局长老板们感觉脸有些发烫。看着县长上车走了，几个局长老板慌忙钻进车里，喘着气却又有些兴奋地说："以后的饭，难吃了啊！"

扬眉吐气

老张终于升了职，该是多么高兴的一件事啊。老张似乎可以扬眉吐气了，可一个电话，让老张又回到了原形。

第七辑　职场风云

老张是局办公室主任。

用老张的话说，他这主任就是在任期内侍候主子的。这话听着，不顺耳，却是实话，办公室嘛，就是为领导工作设立的，办公室里的人员自然是为领导服务的嘛！老张是老办公室主任了，干了有十年之久，自从我认识他开始，他就是办公室主任了。一个办公室主任能干这么长时间，期间局长换了几任，每任局长都认可老张，可见老张的办公室主任一职干得还是比较成功的。我跟老张熟了之后，闲着没事好去他那坐坐，有一次我问他怎么把办公室主任做得这么好？老张就笑，不回答，正巧，一个副局长进来了，老张嗖地站了起来，冲副局长一点头一哈腰（当然不是那种大幅度的鞠躬了）满脸笑地说道："王局长，啥事吩咐？"老张从站起到点头哈腰微笑说话一气呵成，十分娴熟，我恍然大悟，这种谦卑的姿态就足以让老张的办公室主任一职十分胜任了。老张面向副局长的时候，我看到老张微驼的后背，其实驼的不是背，而是脖子后面末端，那是多年面对局长点头哈腰之姿形成的一种畸形，这种畸形，不禁让人从心底里猛然涌起一股酸楚。副局长走后，我说老张："什么时候能让脖子挺直了啊？累不累啊？"老张显然明白我的意思，却没有丝毫的不好意思，只是长叹了一声："熬吧！熬上一步就好了！"

老张终于熬上了一步。

副局长老张给我打电话，很是兴奋，请我喝酒。我也替老张高兴，多年的媳妇熬成婆了，老张终于可以把脖子挺直了啊！我对老张说："我请你吧，祝贺你终于不用点头哈腰做人了。"老张就哈哈笑着骂道："狗嘴

朋友啊朋友

里吐不出象牙，就你小子说话最不中听，你以后再请吧。到我家来喝，我要喝个一醉方休，在外面喝没法张狂。"我便笑老张："这是要扬眉吐气了啊！"

赶到老张家，老张的爱人已把酒菜摆好了。老张兴奋不已地对我说："我就想找你来喝，我高兴，你不妒忌，你说话难听，却不虚。"老张这话让我也高兴，看来老张是很认可我这个朋友的。我说："那就开始高兴，喝吧！"老张就大喊一声："喝！"老张的爱人望着有些张狂的老张，一脸高兴地笑，但我看到她的眼圈里有东西闪亮，我的心有些酸楚，我说："嫂子，一块喝，咱们今个儿高兴。"

我和老张的爱人一杯还没喝完，老张已经三杯进肚了。老张是真的扬眉吐气了，酒喝得豪气，根本不管我喝多喝少，只想把自己的喝好。三杯酒下去，老张有些微醉了，说话手舞足蹈，语气豪气冲天，有副局长的气势了。这时，老张的手机响了，老张一指爱人，吩咐下属般地说："你接一下，这时候打什么电话，有什么事让他明天到我办公室去说。"老张爱人就接电话，喂了一声后对老张说道："王局长找你。"老张嗖地站了起来，迅速接过电话扣在耳朵上，一点头一哈腰满脸笑地说道："王局长，啥事吩咐？"

一瞬间，我刚喝到嘴里的一口酒，迅速地由辛辣变得酸苦不堪。

第七辑 职场风云

难 吃

局长老张为解决职工路远中午吃饭问题，提议建了个食堂，可食堂建好了，他却不能跟职工们一样去好好吃饭，各种非议迫使老张又撤掉了食堂。

单位在城边上。

老张被调来做了单位领导。

老张上任后发现了一个问题，就是单位职工下午上班都来得晚，没几个人按点来的。老张就把办公室主任老李叫来说："应该严肃一下纪律，下午上班怎么都晚来呢？这怎么行啊！"老李就苦笑了一下说："也怪不得职工们，咱单位在城边，职工都住在城里，路比较远，中午下班回去还得现做饭，吃完饭不休息一会儿下午上班犯困，自然来得晚，这些年都这么过来的。"老张有些吃惊："一直这样！怎么没弄个班车的？"老李摇了下头说："原先想弄班车的，可职工们在城里住的太分散，班车转一趟把人拉全得半个多小时，有的职工要比别人早出门上车半个多小时，意见挺大，也就没弄。"老张就晃头说："是难办。对了，建个食堂不就得了吗！职工们在食堂吃，省得往回跑了。怎么没建食堂啊？"老李说："不知道，我也建议过的，可几任领导都没点头，也就没建，可能怕不好管理吧？"老张说："有什么不好管理的，你去跟职工们沟通一下，咱们建食堂，中午职工在食堂吃，每人象征性地交两块钱。不在食堂吃也

朋友啊朋友

可以，但下午上班不能迟到。"

老李就去跟职工们沟通。职工们很高兴，同意和拥护建食堂的。老张有些自得地对老李说道："我就说嘛，这对职工们是好事，怎么一直没建呢？这事老李你负责了，马上办！"

食堂很快就建好了，使用了。

老张中午也不回家了，去食堂和职工们一起吃。没几天，老张发现职工们似乎都不太愿意跟他一起吃饭，食堂里本来有说有笑的，他一进来，说笑声立刻没了，气氛显得沉闷压抑。他坐哪桌，哪桌人最少，有时除了老李几乎没别的职工，即使有也是匆匆忙忙把饭吃完走人。老张就挺郁闷的，有天中午一张饭桌又是他和老李两人，老张忍不住问老李："大家好像都躲着我，我哪里没做好？"老李就笑了一下说："不是领导没做好，而是领导和大家一起吃饭，大家放不开，有些拘束。"老张摇头笑说："没想到和大家一起吃还闹得如此不快。别让大家吃饭都不痛快了，咱们明天早点来，等大家来时咱们也吃完了，他们也好放开吃。"

老张提前吃了几天饭后，就有流言传到了耳朵里，说老张是领导，好事优先，连吃个饭也优先……老张就把老李叫来，问如此流言是否有？老李不说话，只苦笑。老张就知道流言是真的。老张叹口气说："咱不要领导优先，咱拖后，等大家都吃完了咱再吃，总可以了吧！"

老张就和老李等大家都吃完了再去吃。拖后吃了没几天，又有流言传到了老张的耳朵里，说老张拖后吃是因为吃得跟大家不一样，饭菜特殊……老张被流言塞得血压升高，不用问老李了，这种流言一定在单位里飞来

第七辑　职场风云

飞去了。也不能自己吃饭的时候把大家都叫到跟前看饭菜特殊没特殊啊。想想，这种拖后吃也的确让人猜疑的。和大家一起吃不行，先吃不行，后吃也不行，总不能不吃吧！老张想不出该怎么吃午饭的，问老李，老李也不知道老张这午饭该怎么吃。想了半天，老李无奈地憋出了一句话："领导，要不你别在单位吃了，回家吃吧！"老张愣了一下，老张有些悲哀地说了一句："我建了食堂，却不能在食堂吃，可笑不？我回家吃！"

老张就中午回家吃。几天后，上级领导把老张叫了去，上级领导很不高兴地对老张说："你们单位职工反映说，你们单位建了食堂，你却不在食堂吃，天天中午不是出去吃就是回家吃，单位的车不烧油啊？别人都能吃食堂你怎么不能？不要跟职工脱离得太远……"

老张回到单位，老张把老李叫来，老张恨恨地又不无痛楚地对老李说道："把食堂撤了吧！"

工作需要

老张上小学的儿子抽烟喝酒，老张教训儿子，却被儿子反驳，老张说自己抽烟喝酒是工作需要，没想到，儿子学他的工作需要升级了。

老张自从当了局长后，除了县长还没有谁对老张说话的口气命令似的呢，县长找老张，除了让秘书找老张之外，亲自给老张打电话都是一句话："你来一趟。"

朋友啊朋友

老张就连忙屁颠屁颠儿地跑到县长那。今天老张又接到了一个这样的电话，电话是一个女人打来的，但一听就是职业习惯，她在电话里自报家门后对老张命令似的说了一句："你来一趟吧！"放下电话，老张犹豫了一下，不情愿但无奈地起身，他不得不去一趟的，打电话的是儿子的班主任，儿子在学校一定表现十分欠佳，否则班主任不可能让他去一趟的。

老张就去见了儿子的班主任。当然，老张不用屁颠屁颠儿地去见，但见了班主任后，老张还是把局长的架子和面孔丢掉和抹去，换上一副很谦恭的面容，除了领导之外，儿子在老张心目中的地位是极其重要的，儿子班主任的地位因此不可忽视。班主任知道老张是个局长，也有所照顾老张的脸面，因此没有很严厉地指责老张没管教好儿子，而是心平气和地对老张说道："张明同学抽烟你知道吗？"老张一怔，他还真不知道。班主任看出老张不知道，从抽屉拿出一包抽了一半的大中华烟说道："这是我从张明手中没收的，张明不仅自己抽烟，还拐带其他同学跟他一起抽，希望你们家长能够跟孩子谈一谈，我已经跟他谈过了，在学校我可以看着，回到家以后就需要你们家长看管了，他毕竟年纪小，抽烟影响身体发育……"老张不住点头，又恨又气地说道："我一定严加看管……"

老张推掉了晚间的宴请，早早回了家，儿子张明放学一回到家，老张就把张明扯过来怒气冲冲地问道："你哪来的烟？谁让你学抽烟的？"儿子看看老张，对老张的怒问一点也没害怕，说道："从你装烟的柜子里拿的，那么多烟我才拿一盒。你不也抽烟吗，家里来人你也

第七辑　职场风云

让人抽烟的，我抽个烟怎么就不行了！"儿子的话呛得老张直咯儿喽，恨不得拍打儿子一顿，但老张忍住了，瞪着儿子说道："我抽烟和我让别人抽烟是工作需要，你小小年纪抽什么烟？记住，从今往后我要看到你再抽一根烟，我轻饶不了你。"老张起身，把装烟的柜子锁上，又把儿子的兜翻了个干净，才把儿子放出去。

没过多久，老张又接到了儿子班主任的电话，班主任让老张去一趟。一说去一趟，老张噌地从椅子上跳了起来，这次没犹豫赶紧向学校跑去。一见班主任，老张忙问道："张明是不是还偷着抽烟？我在家把他控制死死的……"班主任晃了晃头说："不是抽烟，是喝酒，下课时和同学喝酒让我看到了，他说酒是从你家里拿来的。"班主任说着，从桌子下面拿上来一瓶酒，酒瓶里的酒还有大半瓶，是五粮液。老张脸一红，有些尴尬地说道："这孩子竟然从家里偷酒……"班主任把酒推给老张说："你把张明先带回去吧，他都喝迷糊了。"班主任往一个长条椅上一指，老张才看到儿子躺在那，小脸红扑扑的迷糊着呢！老张抄起酒瓶，走过去一把拽起儿子，快速地出了学校。老张把迷迷糊糊的儿子拽到一个没人的地方，啪的一下摔碎了手中的酒瓶，酒瓶的碎响把迷糊的儿子惊醒了，儿子瞪着一双被酒精烧红了的小眼睛愣愣地望着老张，老张怒喝道："你竟然喝酒？还从家里偷拿酒，你不抽烟了倒喝上酒了，还想不想学好了？"儿子翻翻眼睛，看看老张说："抽烟喝酒就是不学好了，你哪天不抽烟不喝酒啊！"老张有些气急败坏地说道："我那是工作需要，你现在需要的是学习，好好学习，知道不？再让我看见你喝酒，看见你从家里

197

朋友啊朋友

偷酒，我不打折你腿。"老张双目喷火地对儿子凶道。

老张把酒柜又锁上了，而且每天回来都检查一遍烟柜酒柜，确保儿子不能从家里拿烟拿酒。儿子的班主任也没再打电话，说明儿子在学校也没有抽烟喝酒，老张的心才安稳下来。就在老张认为儿子戒掉烟酒好好学习时，班主任的电话再次打来了，班主任的口气有些愤怒，她在电话里对老张说道："张明同学追求女同学，把女同学追得哭着到我这来告状……"老张连忙说道："我这就过去，我一定好好教训教训他。"

老张把儿子带回家，老张望着儿子怒不可遏地说道："行啊！不让抽烟不让喝酒改成追女孩子了，你小小年纪懂什么？你现在的任务就是学习，你不好好学习，长大了能干什么呀？"

儿子看看老张说："我长大了像你一样当个局长的，想抽烟就抽烟想喝酒就喝酒，还能追女孩的。"

老张一把捂住了儿子的嘴说道："你瞎说什么？我什么时候追女孩了？"

儿子唔噜着说道："你忘了我前两天放假去你单位找你，推开门看到你正跟一个漂亮的阿姨说我喜欢你……"老张忙把儿子的嘴捂严了："我不是跟你说了吗，我是跟那个阿姨闹着玩的，不让你说的吗？"儿子使劲儿晃了一下头，挣脱了老张的手说："我没说呀！我也是和女同学闹着玩儿的。"

老张说："我和阿姨闹着玩儿是有原因的，你不能和女同学闹着玩儿的。"儿子看看老张说："我不闹了，我知道了，你和阿姨闹着玩儿是工作需要，对吧？"

老张半天没说出话来。

第七辑 职场风云

动　气

领导者怕动气，刘子良深知，因此极力克制。旧城区改造出现了一个钉子户，刘子良终于爆发了，却圆满地解决了问题。

刘子良从河西县调到河东县当县长，表面上是看不出什么的，但心里还是生了气。刘子良在河西县当了三年县长，全县干部群众不说交口称赞，提起刘县长也是要说句还行的。刘子良本以为能够接上书记的，因为书记调走了，可是，事情就是没有按刘子良的想法来，也没按常规来，按常规他刘子良绝对应该接任书记的，因为书记调走了，他是县长，一个地方两个主政的官员不能同时都调走，这样不利于地方发展。可常规打破了，书记调走了，信心十足的他也突然间被调到了河东县当县长，没提，平调。河西县委书记另调他人接任。

上级找刘子良谈话，对刘子良在河西县工作给予充分肯定和高度评价，并没有说明不让他接任书记的原因，也不能说，不符合规定，只是告诉刘子良到河东县工作是领导对他工作能力的认可，河东县是大县，人口要比河西县多五分之一。刘子良嘴上说着谢谢领导关爱和认可，心下已是愤愤不已：屁，宁为鸡头不为凤尾，一个县最大的是谁，是书记，不是县长，河东县再大，他刘子良还是县长。有气是有气，但不能动气，动了气会让领导认为他不成熟，以后就不好办了。

朋友啊朋友

刘子良服从组织决定，面色平静心中波涛汹涌的到河东县上任了。一上任，刘子良就碰到了一件棘手的事。

旧城区改造，碰到了一个钉子户。按照事先确定的方案，拆一补一，拆旧补新。拆你一座旧房，给你一套新楼。可偏偏有一户丁姓人家，要拆他一座旧房，他却要两套新楼。改造拆迁联合工作组当然不同意，可丁家人有理由，理直气壮地冲着工作组嚷道："你看看我这院子多大，这么多年我是没盖房子，盖房子能盖三栋都宽敞的，你给我一套楼，换我这么大个地盘，说得过去吗？"工作组也觉得有些说不过去，就悄悄地探了一下周边住户的反应，周边住户还是比较通情达理的，也觉得邻居是有些亏。工作组立马决定，多给一套楼。可没想到，说给两套楼了，丁家还不同意，还是那句话，工作组没办法，只好上报给了县长，县长想加快旧城改造速度，当即决定再给一套楼，让其抓紧搬。可丁家人还是不搬，一家人站在自家门口，面对拆迁队，大有与旧房同归于尽之气概。工作队不敢硬来，问丁家人："你们给个话，咋样能搬？"丁家人一笑："再给两套楼。"工作组长差点没造个跟头，赶紧跑回来跟县长汇报。县长也难住了，挠头吧，正挠着，调令来了，刘子良来接任，县长长舒了一口气说："让刘县长来处理吧！"

刘子良县长一上任，需要做的第一件事，就是解决这个钉子户的事，是个相当棘手的问题。

工作组长小心翼翼地跟刘子良汇报，等刘子良发话该如何处理。刘子良从河西县过来，藏在肚子里的气还没放出去，一听这事，肚子里的气就又膨胀了一些。刘子良蹭地站起身来，望着工作组长："算过没有，按规

第七辑 职场风云

定该给多少？"工作组长说："也就两套楼。"刘子良抬腿就走，招呼工作组长："我去谈，看看他是多大个神仙。"

刘子良就来到了丁家人面前。工作组长忙把刘子良介绍给丁家人："这是刚刚到任的刘县长，亲自来处理你们提出的要求。"丁家人一怔，他们没想到一县之长会亲自来与他们面对面，他们已经多方打听和咨询过，这种事情，还从来没有过一县之长亲自出面来处理的，最多是个副县长来谈来解决，最终也会满足住户的要求。刘子良跨前一步，面对丁家人，发狠地问道："你们要多少套楼。"

工作组长忙凑近一步说："要五套。"

刘子良一甩手："让他们自己说。"丁家人就发怔，怔了半天，主家的丁家男子拼了气力说："五套，少一套我们都不搬。"

刘子良立刻目光喷火地盯在丁家男子脸上："告诉你，就给你两套，你不搬也得搬。"

丁家男子立刻喊道："都答应给三套了，这咋又变两套了？"

刘子良哼了一声："给你三套你不同意，只好给你两套了。"

丁家男子有些发蒙，晃了一下脑袋说道："不对，我要五套的，不给我五套我就不搬。"

刘子良突然笑了一声，斩钉截铁地说道："只能给你两套，你不同意是不，好，今天我就现场办公了。"刘子良回身叫道："把法制办国土局建设局房产局都给我叫来，我就不信了，国家的土地上还能让你来横行霸

朋友啊朋友

道。我今天不跟你动粗，我跟你动法，咱们不是有拆迁补偿法吗，我倒要看看，你在法前怎么耍赖打横。"

丁家人慌了起来，丁家男子连忙说道："刘县长，我不要五套了，不要了，你们都答应给我三套了，不能减一套啊！"

刘子良立马说道："好，政府是咱老百姓的政府，不跟你们计较，把协议拿来，签字。"工作组长连忙把早拟好的协议拿过来，丁家男子急忙上前签了字。

刘子良转身就走，工作组长在后面撵上来，喜笑颜开地说："刘县长，还是您水平高，想到了动法。"刘子良突然停住了，手捂胸口，工作组长慌忙问道："刘县长你怎么了？"

刘子良狠狠地吐出一口气，微笑着自语了一句："还是动了气。"

身不由己

人在官场，身不由己。想提职的和能提人职的，都是身不由己。有些规矩还是破坏不得的，要遵守的。老张和小李就是其例。

先说老张。

老张是个局领导。局领导不止老张一个，但老张是有话语权的几个局领导之一，因此老张很受下属。下属重视老张，老张对下属便很关注与关怀，每次调动提拔

第七辑 职场风云

人员的时候，老张都会为重视他的下属发挥一下话语权，当然，总是能够让下属欢喜的。老张的话语权发挥得好，他的属下之人便都有进步，但有一个人例外，科员小李。

再说小李。

小李其实已经不小了，奔四十的人了，与小李同时期来局里的人早已经都是科长副科长了，在小李后面来的不是科长副科长的也寥寥无几了，当然，这科长副科长不都是实职，很多都是主任科员副主任科员，级别待遇是有的，而小李，却是真真正正的科员，前面也就能挂个普通或一般。普通科员或一般科员小李也不是不想进步，而是做不来要求进步的那一套。小李是个老实人，对领导阿谀奉承就不用说了，就是跟领导平平常常说句话都脸红，看见领导都绕着走。逢年过节其他同事都去领导家走一走，他也知道走一走有好处的，但他就是做不来。看到身边的同事一个个提职的提职没提职的也有待遇了，小李也心急不快，倒不痛恨领导不提拔他，痛恨自己不能跟领导亲近亲近。痛恨归痛恨，但就是做不来，小李就只好安慰自己，这样也好，起码没丢失尊严。

这年头尊严值个屁？级别待遇才是真的啊！这话出自小李亲戚朋友的口，而且就在小李的耳朵根子旁叫嚷着，很大声的，不止一人，几乎所有跟小李好一些的亲戚朋友都这么冲小李嚷，嚷得小李垂头不语，面红耳赤的，好像自己做了件多么对不起亲戚朋友的事儿。终于有一天，小李在亲戚朋友的好意埋怨中抬起头来，费力地说了一句："我也不是不想，可我就是做不来。"亲戚朋友愣了一下，声音放缓了语重心长地说："做不来也要做，人老实没用啊！级别待遇才有用啊！都帮你摸

朋友啊朋友

清楚了,提一级有个万八千就够了,这钱提完三五年也就涨回来了,你没钱我们给你凑。"小李连忙摇头发慌地说:"不是钱的事……"。小李媳妇终于忍不住了,流着泪抓住小李的胳膊说:"钱我都给你准备好了,不为你自己,为了咱们家能过得更好一些,你就活动一下吧!"小李发冷似的抖了一下,猛地站起身来,咬牙切齿悲壮地说了一句:"豁出去了!"

还说老张。

老张没想到小李会来看他,很意外,真的很意外。谁都有可能来看他老张,唯独小李不会啊!而今,不可能的事情变成了可能,看着脸红得像块红布话说得语无伦次的小李,老张从心底里涌起一股悲哀:小李这样老实的人,都被逼得求官谋职来了,这官场啊……细想想,小李这人干工作没的说,就是人太老实了,某些方面不会来,以至于至今没有提职给待遇的,真是一种悲哀啊!老张坚决没收小李的钱,老张很是激动地对小李说:"你回去吧,你放心,适当时机我一定为你说话的。"

我和老张很熟。小李给他送钱这件事后,我、老张还有几个哥们儿聚了几次,每次他都说起小李,说起小李脸红的像块红布语无伦次给他送礼的事,每次说起来都感慨万千,神情悲愤与悲哀相混杂地感叹着:"……把小李这样的人逼得都送礼了……"我们也很感叹,对社会尤其是官场上的一些不良现象发泄了一下不满,多少还有些气愤填膺地对老张说:"你一定要把小李提拔了,让一些人看看的。"老张也很激动,红着脸喷着酒气说:"有机会我一定把小李提起来的!"

一晃,两年过去了,老张要调到别的单位去了。我

第七辑　职场风云

们给他送行，席间不知谁想起了小李，就问老张你说的那个小李提了什么职位？老张一愣，神色黯然地摇了一下头说："没提没动，还那样。"我们追问他："为什么呀？你不是信誓旦旦地说要提他吗？"老张苦笑了一下说："身不由己啊！身在其中，有些规矩还是破坏不得的，要遵守的。破坏了，后果很严重。"我们当中也有几人在机关里混饭的，老张的话听得明白，但还是有人忍不住说老张："你也是，把小李的钱收了，把小李提了就是了，你这么做，其实又把小李害了一回的。"老张喝了一大口酒，半晌才说了一句话："我是真的不忍心收小李的钱啊！那么老实的人……"

还说小李。咳！还是别说了！

谁不想跟县长关系好呢

县长摔了，对许多人来说成了好事，这可是跟县长搞好关系的一次好机会，县长也是来者不拒。出院的县长决定把慰问金退回去，如何退能让关系依旧好呢？

新任县长是从外地调来的。全县干部群众对新来的县长都不熟悉，不熟悉便想熟悉，便要熟悉，尤其是机关干部，只有熟悉了新县长的脾气秉性，才好投其所好开展工作呀！这么说多少有些贬义的意思，可没办法，迎合领导也是工作中的重要一项，习惯了。于是，多方打听，道听途说都用上了，新县长的面目就渐渐清晰了。

朋友啊朋友

新县长的面目本来就是清晰的，这个清晰的面目不是指脸面，是指其他的，比如……呵，都明白的。清晰了之后就都挠头，不相信地挠，边挠边说："不可能吧？这年头还有这么清廉的干部？谁信呀！"不信，没法相信，你看网络报刊天天嚷嚷抓住的贪污受贿之官员没犯事之前不都清正廉洁！新县长还真能一身清廉？瞧着吧，早晚有露出来的那一天，拭目以待吧！

别说，还真没让机关干部和广大人民群众拭目以待得很久，两个月后，县长就出事了。县长出事是真出事了，但不是机关干部和人民群众拭目以待的事。县长摔了一跤，从楼梯上摔了下来，腿当时就肿了，爬起来腿哆嗦，直打晃，汗从额头上呼呼涌了出来。县长从楼梯上摔下来是因为楼梯刚刚擦完，还没干。县长上班来得太早了，早了一个多小时，八点上班，不到七点就来了，清洁工刚刚擦完楼梯，县长就上来了，一脚蹬滑，就摔了下去。清洁工当时就蒙了，醒过神来赶紧打电话喊人，眨眼工夫就来了一大帮人，抢着把扶着楼梯腿打哆嗦的县长往下背。有人这工夫还没忘声色俱厉地训斥清洁工，言语之意是县长摔倒全怪清洁工楼梯擦晚了，大有开除这位清洁工之势。清洁工一脸惊恐地杵在一旁，手足无措，眼圈里全是泪水。这时县长说话了，县长疼得牙都打架，说出的话还很威严有力，县长说话是对训斥清洁工的人说的，县长说："你对她喊什么？你训她做什么？她按点正常上班做她的工作，有什么责任！她容易吗？一大早就来清洁，挣的一份辛苦钱，没错还让你来骂，不要看人低！"训斥清洁工的人立马没声了，清洁工眼圈里的泪呼地就流了出来。县长强忍着痛对清洁工微笑

第七辑　职场风云

着说："哭什么？你没责任，我没事，谁走路还保证不摔个跤的。"

县长被拉到医院，拍片检查，骨头没摔坏，是筋严重拉伤。县长听说骨头没坏，挺乐，对医生说："贴块膏药，回去。"医生面呈难色，对县长说："我不跟您讲伤筋动骨要养一百天的，您现在这筋伤的程度已经是不能走路了，不住院治疗，一定会影响您今后走路的。"县长看看一脸认真的医生，噗的一下乐了："你的意思是我会落下腿瘸的毛病。是不好，走路一瘸一拐的是不好。你说说，我在这最短可治几天？"医生说："半个月。"县长皱了一下眉头说："太长了，一个星期可以不？"医生无奈，只好点头说："尽量吧！"县长笑笑说："谢了啊！"

县长住院的消息立刻从医院传播出来，并迅速地在全县干部群众之中传播开来。那些始终拭目以待的人有些热血沸腾了，说话的语气都欣喜加豪迈："看看，我说什么来着，哪有什么一身清廉的官呀！这县长是个聪明人啊，不贪不要，人家有病了，摔坏了，住院了，你各单位的头头、脑脑看不看看去？你一般干部想提拔想进步这是不是个机会？你个商人要拿工程这工夫不瞧瞧去？看病人送慰问金是天经地义的事，谁能说出个什么呀！"

很快，去看望县长的人就赶集似的奔向县长的病房，络绎不绝。县长很苦恼，县长是真的很苦恼，县长不想让人像观赏稀奇动物一样的来看望自己。但县长又不能拒绝人来探望。来看望县长的人鲜花水果拎来，关心关切之语表达完了，扔下一个厚厚的信封，县长一见信封，

朋友啊朋友

心知肚明，脸色阴沉，刚要开口拒绝，表达完心意之人早已快步退了出去，腿脚之快哪是现今动不了腿脚的县长撵得上的。县长就无奈的一声苦笑。县长的秘书小张是个识趣的人，每每有人来探视县长，都出病房避之，探望之人走后，再回来。小张没有想到，他避之回来，县长竟把一个个信封交给他说："都登记一下，你先保管着。"小张不情愿，不明白县长为何这么做，又不敢说不，只好按县长吩咐的登记保管。

一周后，县长出院，回到家中，小张跟随，小张把一个兜子轻轻放在县长的脚下，那是小张登记保管的慰问金。小张从自己兜里掏出一个信封放到县长面前的茶几上说："这是我的一点心意。"县长抬头看看小张，目光犀利，小张脸就红了，后退着说："您休息，有事我再来。"县长的目光就柔软了下来，叫住小张，拿起茶几上的信封问小张："小张你跟我说句实话，像你们同事之间有病住院都拿多少慰问金？"小张不知县长为何这么问，还是说道："关系一般的一百，关系好点的二百。"县长笑笑，从信封里抽出二百，把信封递给小张说："我觉得咱俩关系还不错。"小张就愣住了，不接信封。县长脸一沉说："咱俩关系不好吗？"小张慌忙地接过了信封。县长望了一眼脚旁的包对小张说："每个信封都拿出二百，其余的让他们拿回去。谁要说跟我这个县长关系不好，谁就不往回拿。"

谁不想跟县长关系好？都想！

很多拭目以待的干部群众听说了，心里多少有些失落，又有些愧疚，摇头跺脚满是真诚地说："县长再有病住院，咱也要跟县长关系好一好啊！"

第七辑　职场风云

批条子和不敢高声语

　　刘县长是个很有价值的人。刘县长批的条子好使率是百分之百。刘县长不批条子没考上重点高中的就进不去，可多出了那么多刘县长的批条，进了那么多的无造就之人，校长能不急吗。

　　能够批条子的人，绝对是有权力的人。反过来说，有权力的人才有资格批条子。再通俗一点，条子是什么？是钱！批条子就是批钱啊！

　　刘志刚就是一个能够批条子的人。

　　刘志刚是什么人？县长！县长即使不批条子也能批钱，能批钱的人批条子是不是更有价值呢！刘县长的价值在县里是不好计算的，总之一句话：那是相当的有价值。刘县长的价值体现在多个方面，别的方面今个儿咱就不说了，只说批条子。

　　刘县长批得最多的条子就是往重点高中进学生，究竟批了多少，刘县长也不记得，反正是批了很多条子，重点高中额外进了很多学生。

　　县里的重点高中，是县里对外的一张名片，全省有名，在全国也是响当当的。老师的水平是特别的高，高到什么程度，用全县百姓的说辞是：把猪赶进去，三年出来，考个专科都绰绰有余。想想，人要进去，三年下来得啥样？这样的学校，哪个高中生不想进去。确切地说，哪个望子成龙盼女成凤的家长不想让孩子进去。能

朋友啊朋友

进去的,除了考进去的,就是批条子进去的。

刘志刚批的条子好使率是百分之百的。这么好使的条子谁不想弄一张啊,尤其是那些没有考进重点高中的学生家长,花多少钱都想把孩子送进去啊!

可刘志刚不认钱,认人。怎么个认人不认钱?比如说吧,你没钱,但孩子学习还不错,不进重点高中确实可惜了,你去找刘志刚,当然你得能见到刘志刚,当然见到刘志刚你说得确确实实是实情,因为刘志刚不会听你一面之词,会叫人去核实,如果情况属实,刘志刚的条子多半就能批给你的。你说这可能吗?这么容易?对了,就这么容易。其实许多事情没你们想的那么复杂,很简单。再比如说,你很有钱,但孩子学习的确不行,你找到刘志刚,说你要多少钱给我批张条子的?刘志刚会一笑,语重心长地跟你说上一句:"孩子进去也跟不上,你就别让孩子遭罪了。"这话细品品,是不是肺腑之言。可这话谁能听进去?来找他的家长哪个不是铁了心要冲进重点高中啊,啥话能往心里去、能细品细嚼啊!

刘志刚不批条子,就进不了重点高中,找谁都没用。身为学者的校长上任头一天刘志刚就跟他发话了:"没我的条子,额外的你一个都不准进,我批一个你进一个。"校长是刘志刚力排众议任用的,校长知道刘志刚作风霸道,但没想到会这么霸道,为难地说道:"其他县领导找我怎么办?"刘志刚说:"让他们找我,只要学生说得过去,我一定批,包括你来找我。"刘志刚说着站起来,目光越过校长望着窗外悠悠地说了一句:"别浪费每一个可造之才的生命瞬间,别浪费每一个教师的点滴心血,你我就担点责任吧,哪怕是谴责呢!"

第七辑　职场风云

那一刻，身为学者的校长热泪盈眶。

校长来找刘志刚了。校长学者脾气上来了。校长望着刘志刚气愤地说道："刘县长，你咋说话不算数呢？我早想找你了，又觉得你也不能一点难处没有，可你这还没完没了了。"

刘志刚忙道："咋的了？别攻击我啊，有话直说，我咋说话不算数了？"

校长说："你批条子我进学生，不是说好了进可造之才吗，你看看这段时间你批了多少害群之马进来呀！一条鱼腥一锅汤呐，你弄了那么多匹野马在学校里又踢又咬的，你是想毁了学校吗？"校长激动得脸都红了。"我看你，终究难逃铜臭之气！"校长痛心疾首。

刘志刚脸不红不白，气定神闲，望着校长说："别急，我啥时往你那放害群之马了？要说审核不严，溜进去一个两个，我认，何来多匹呀？"

校长哼了一声："就怕你不认，我把条子都留着呢，今个儿都带来，你别想推脱的。"说着，从兜里掏出一把条子，扔在了办公桌上。

刘志刚把条子一张张捡起，每张条子上都有学生名字，还有刘志刚的亲笔签名。刘志刚突然就笑了，说了一句："还真有敢以假乱真者。"

校长一愣，盯住刘志刚："那怎么办？这么多你还能记得哪个是真哪个是假吗？"

刘志刚摇摇头。校长哀叹一声："这可如何是好，总不能把所有的都清退回去吧！"

刘志刚微微一笑，掏出一把钥匙，打开一个抽屉，从里面拿出一个小笔记本，递给校长说："按这上的名

朋友啊朋友

单对照条子，本上有的，条子就是我批的，没有的，就是假的。"

校长一怔，惊喜地叫道："没想到，没想到啊！你还有这手，这下好办了。这造假者能找出来吗？一定要严惩的，利欲熏心，当重惩之。"

刘志刚摆了一下手："算了吧，假的一清，造假者自然会知难而退。不过，你可千万别说我记有小账啊！"

校长连忙小声呼道："不语，不语，不敢高声语，恐惊造假人啊！"

谁看到了

因为喝酒，老张被科长泼了酒，气愤的老张差点打了科长。老张跟局长告状，局长调查他们一起喝酒的人，竟然没有人看到科长用酒泼老张的，却都看到老张打了科长。

新上任的科长领着老张他们几个科员去喝酒。

一轮欢迎科长上任的祝贺酒喝下去，老张就差不多了，有些头昏目眩的。老张知道自己是喝到顶量了，哪怕再喝一口，都有过去的危险。老张的身体是不允许大量喝酒的。老张就把酒杯倒上了白水。老张刚把酒杯倒上白水，科长端着酒杯站了起来，科长说："谢谢大家敬我，该我回敬大家了，都把杯子倒满，倒满。"大家便慌忙地站起身来，有些受宠若惊地往杯子里倒酒。老

第七辑　职场风云

张站了起来，老张杯子里的水是刚倒满的。科长突然把目光盯在了老张的酒杯上，笑着说："老张，你不能拿水来喝吧！把水倒了，换酒。"科长刚才看见老张把酒杯倒上水了的。老张摇晃着说："科长，酒我实在是不能喝了，就以水代酒吧！"科长不笑了，脸色微沉说："怎么？我敬酒你喝水，是不是对我来当科长有意见啊！"老张忙说："不是，不是，我是实在不能喝了，再喝身体就出问题了。"科长说："出什么问题呀？刚才都喝了，就说明能喝。你们敬我的我都喝了，我敬你们你不喝，让我的面子往哪放啊！"老张脸就红了，咬咬牙，把水倒了，倒了少半杯酒说："我就喝这些吧，再多一点都不行了。"科长笑了一下说："哪有喝半杯的呀，这不是对我还不满吗，满上，满上。"老张摇头说："不行，真的不行，这些下去我就该到桌子底下去了。我的酒量他们都知道，今天已是严重超量了。"老张求救地望着科室的其他几个人。科室的其他人却笑嘻嘻地，谁也不说老张不能再喝了的。科长就说："怎么样，没人说你不能再喝了吧！倒满。"老张手哆嗦着，不倒。科长一伸手抓过酒瓶子，猛地就把老张的酒杯倒满了。科长一举酒杯说："我敬大家一杯，希望大家在今后的工作中支持我。都干了啊，谁不干就是不支持我。"说完，科长一扬脖儿，一杯酒扔进了肚子里。除了老张，其他人立刻把一杯酒都扔进了肚子里。老张端着酒杯，痛苦地望着杯中的酒，怎么也张不开嘴。科长看看老张说："老张，就差你了，怎么，不支持我工作呀？"老张望着科长恳求说："科长，我一定支持你工作的，但这杯酒我是真喝不下去了。"科长又抄起酒瓶，唰地把自己

朋友啊朋友

的酒杯倒满了，一举杯说："你把酒干了，我再喝一个，行了吧！"老张把酒杯放下了，老张说："我真的不能喝了……"老张话音未落，科长突然一扬手，手里的酒唰地泼在了老张的脸上，一下子把老张泼愣住了，也把全桌人都泼愣住了。科长气哼哼地把酒杯扔在桌子上，脸色铁青恨恨地骂了一句："敬酒不吃吃罚酒。"

老张的脸由红变白，由白变红，老张气愤地抄起酒杯，向科长砸去，可酒杯还未出手，就被身边的人一把抢了过去，俩人架住老张往出走说："老张喝多了，老张喝多了。"老张感觉自己真的喝多了，迷迷糊糊地被架了出去，送回了家。

老张一觉醒来，胸口痛得厉害，脑子里还闪跳着昨天科长用酒泼他的情景。老张就手抚着胸口，挣扎着出了家门，向单位走去。老张直接去了局长室，见到局长，老张气愤不已地向局长述说了科长用酒泼他的事。局长不相信地望着老张说："不能吧，他用酒泼你？他敢这么做？老张你别激动，如果真如你所说，我一定会严肃处理的。"局长抄起电话。科长很快跑了进来，看老张在，科长怔了一下，科长就明白怎么回事了。局长问科长："你昨天用酒泼老张了？"科长一笑说："没有，我能用酒泼下属吗，我敬酒还敬不过来呢！昨天老张喝多了，我也喝得差不多了，只记得老张是被架回去的。"老张立刻跳起来说："是你用酒泼我，我要用酒杯砸你才被他们架回去的。"科长笑着冲老张说："是吗？我怎么不记得有这事呢？他们谁看到了啊！"局长看老张。老张一跺脚说："他们都看到你泼我了的。局长，你可以问问他们呀！"局长摇了一下头说："好吧，你俩在这，

第七辑　职场风云

我去问过再说。"局长就出去了。

不一会儿，局长回来了，局长看看老张说："都说你喝多了，没人看见科长用酒泼你的。"

老张就愣住了。老张立刻跑回科室。老张拽住科室里的几个人痛苦地喊道："你们为什么说没看到科长用酒泼我呀？你们为什么不说实话呀？"科室里的人就难为情地笑笑说："老张，你昨天喝多了，你昨天真的喝多了。"

老张一屁股坐在了椅子上，老张感觉后背凉凉的。科长进来了，科长微笑着巡视一圈后，目光落在老张的脸上说："老张，你到我办公室来一下。"老张就跟着科长来到科长办公室。科长坐下后，微笑着问老张："我昨天真用酒泼你了吗？"老张走到科长面前，盯住科长的眼睛说："泼了！"科长说："那怎么都没看到呢？"老张就笑了，老张突然一抬手，啪地抽了科长一耳光，一下子把科长打愣住了，老张微笑着说道："这也没人看到的。"老张开门而去。

老张去了趟厕所，回来就被叫到了局长室，局长望着老张不解地说："老张啊，你怎么能打你们科长呢，而且还当着你们全科室人员的面打他，你们科室的人可都说看到了啊……"

老张感觉嗖的一下，从头凉到了脚。

真 实

  我们看到的，并不见得是真实的，但我们看到了，它就是真实的。刘秘书当卧底，也算是有惊无险。王部长的明察暗访，让钱镇长演的比真实还真。

  组织部王部长喊刘秘书说，去一趟三河镇。
  刘秘书小心翼翼地说，对钱镇长的考察不是已经结束了吗。
  王部长反问道，你觉得考察材料真实吗。我们提拔重用一个干部不仅仅是对这个干部负责，更重要的是要对党和人民负责呀！
  刘秘书说，考察材料里有不真实的内容也是难免的。
  王部长说，还是去再看一下，不打招呼去，能看得真实一些。
  刘秘书点点头问，什么时候去？
  王部长说，现在就去，你去叫车吧。
  刘秘书转身往外走。王部长又喊住他说，不要跟任何人说咱们去哪里，司机也不要说。
  刘秘书严肃地点了一下头说，我明白。刘秘书出了王部长办公室，以最快的速度跑回了自己的办公室，办公室里没人，刘秘书迅速地抄起了电话。
  王部长的车进了三河镇政府，镇政府静悄悄的，像是没有人。进了办公楼，值班室里走出了一个人，刘秘书问，钱镇长呢？怎么这么静？

第七辑 职场风云

值班的人说，钱镇长领着机关干部们修路去了。

刘秘书看了一眼王部长，王部长说看看去吧。刘秘书问清了钱镇长他们在哪修路，就去了。车在远处停下来，王部长和刘秘书下了车，远远地望着一群干得热火朝天的修路人。刘秘书指着一个穿着背心挑着担子走得飞快的人说，那个人好像是钱镇长。我去把他叫过来。王部长摇了一下手，制止了，远远地望着修路的人。

身后有脚步声，王部长和刘秘书回转头来，几个人抬着筐过来。刘秘书拦住问，这是干什么？一人答，送饭，中午不歇的。王部长走上前来，揭开筐上的布，筐里装着馒头，还有切得手指粗的咸菜条子。

刘秘书问，就吃这？那人说，就这，钱镇长吩咐的。王部长脸上滑过一丝喜色，点了点头，转身上车。王部长说，回去。刘秘书说，不跟钱镇长见一面。王部长摇摇头说，不见了，吃苦耐劳，艰苦朴素，是一个好干部呀！

坐在后座上的刘秘书悄悄地笑了。

当夜，夜深人静时，钱镇长敲开了刘秘书的家门。

第二天，刘秘书一上班，王部长一推门进来说，你跟我再去一趟三河镇。刘秘书心中大惊，愣愣地望着王部长。王部长盯着刘秘书的脸说，你不觉得钱镇长把机关干部们拉去修路不太真实吗，那些机关干部能修什么路，而且，他们会甘心情愿地吃馒头就咸菜条子。刘秘书无言。王部长说，走吧。王部长转身往外走，刘秘书看了一眼桌子上的电话，赶紧跟着王部长出来了。出门上了车，刘秘书坐在后座上心里就敲鼓了，看来，钱镇长昨天的戏演得过了，王部长回来后仔细一想，就觉出不对劲了，而且王部长怀疑他事先跟钱镇长通光了。如

朋友啊朋友

此一想,刘秘书就出了一身的汗。前面三河镇政府大楼已经看得见了,刘秘书看了一眼前座上的王部长,悄悄地把手伸进了衣兜。

车进了三河镇政府,王部长迅速地下车,直奔钱镇长办公室。刘秘书紧跟王部长身后,来到钱镇长办公室门口,就听到办公室里钱镇长大发雷霆的声音:别说你吃了老百姓的一只鸡没给钱,就是吃了一只鸡蛋没给钱都不行……你立刻写出深刻的检查,现在就写,在这写,写完了我看,通过后,你就去把鸡钱还上,而且要双倍奉还,回来还要在机关干部大会上做检讨。刘秘书望望王部长,要去推钱镇长办公室门。王部长一摇头,转身出来了。

王部长的车驶出了三河镇,王部长长吁了一口气,回头对刘秘书说,你别怪我怀疑你,今天看来,这个钱镇长还真是为官清廉呢,心中有着老百姓啊!刘秘书心里长吁了一口气。

夜幕降临,刚刚回到家的刘秘书接到了钱镇长的电话。钱镇长说,老弟,真是谢谢你了,你给我发来信儿时我还喝着呢,赶忙跑回了办公室。

刘秘书把玩着手中的手机说,要谢就谢你自己吧,没有你昨晚送来的这个高科技手机,我也是无能为力呀!